『洋苏州』眼中的中国小康

吴纪中 著

2020年江苏省主题出版重点出版物

U0781755

古吴轩出版社

图书在版编目（ＣＩＰ）数据

"洋苏州"眼中的中国小康 / 吴纪中著. —— 苏州：
古吴轩出版社, 2020.11
ISBN 978-7-5546-1641-3

Ⅰ.①洋… Ⅱ.①吴… Ⅲ.①报告文学 – 作品集 – 中
国 – 当代 Ⅳ.①I25

中国版本图书馆CIP数据核字(2020)第221258号

策　　划：高卫兵　洪　芳
责任编辑：韩桂丽
见习编辑：沈　玥
封面设计：蔡怀明
责任校对：周　娇　李　倩

书　　名："洋苏州"眼中的中国小康
著　　者：吴纪中
出版发行：古吴轩出版社
　　　　　地址：苏州市八达街118号苏州新闻大厦30F　　邮编：215123
　　　　　电话：0512-65233679　　　　　　传真：0512-65220750
出 版 人：尹剑峰
印　　刷：苏州市越洋印刷有限公司
开　　本：905×1270　1/32
印　　张：9
版　　次：2020年11月第1版　第1次印刷
书　　号：ISBN 978-7-5546-1641-3
定　　价：68.00元

如有印装质量问题，请与印刷厂联系。0512–68180628

目 录

在这些饱含深情的目光里

（一）

透过苏州，他们在凝望中国。

他们的眼神充满欣喜和激动。这个国家正在发生的精彩蝶变足以让一切身临其境的人目眩神迷，也让他们对"凤凰涅槃"这个融合东西方神话意蕴的词汇有了深切的体会和认知。

他们的目光有些迷离，却又饱含深情和期待，因为他们在这个名叫"苏州"的城市里看到了古老和现代的和谐共生，因为这个城市的拔节声里倾注着他们的心血和汗水，他们留驻在这个城市的每一天时光，都记录了他们见证精彩时刻的呼吸和心跳。

（二）

他们，是一群漂洋过海的"洋苏州"。

这里，有操着一口流利汉语的法国学者魏让方。一个偶然的机会，他走进了古韵今风交融激荡的苏州，从此，独墅湖畔的大学校园里，留下了他穿梭忙碌的身影。这里，有来自韩国的纤维专家金管范，当年，他所在的韩国公司是苏州民营企业恒力集团的原材料供应商，而今，他是恒力集团的技术高管，这样的角色反转让他的故事显得意味深长。这里，有来自美国的"孩子王"内森，他用一个叫"苏平"的名字迅速拉近了自己和中国学生的距离，也把自己的生命贴上了鲜明的苏州印记。这里，有年过半百辞掉工作，只身来到苏州"拜师求艺"的英国人安大陆，现在，他在苏州安了家，成了一名身价不菲的"琢玉人"。这里，有热衷慈善的"洋女婿"约翰，跟着他的中国太太汤崇雁在苏州落户，把慈善当成了毕生的追求。这里，有美籍华人郁国平，他在昆山最靠近上海的小镇花桥编织自己的梦想。这里，有澳大利亚帅哥、工程师戴慕瑞，他在常熟的巨大汽车工厂里见证并推动了"中国速度"和"中国奇迹"。这里，有来自克罗地亚的拳击小伙马国伦，他开在苏州中心的"黑领带"拳馆帮他赢得了名声和尊重，也赢得了快乐和希望。这里，有新加坡华人曾昭孔，这位曾子的第73代孙，终于在苏州工业园区产城融合的美丽蝶变中，圆了他的"中国梦"。这里，有人称"幽默先生"的瑞士人胡默，他透过一座城市的精神文明史，理解了"小康"就是让城市更美好，让人们更幸福。这里，有日本人盐谷外司，他为了心中的信念，从苏州这片沃土走向"铸造行业的标杆"。这里，有地地道道的德国人夏建安，20多年来，他为中德经济文化交流奔走努力，在"德企之乡"太仓见证中国开放的大门越开越大。

这样的"洋苏州"还有很多，尽管我们不知道他们的名字和故事，但毫无疑问，包括这本书里写到的每一个人，他们在苏州这个"第二故乡"的创业经历和所思所想，都已经成为这个城市波澜壮阔发展史的一个有机组成部分，构成了"小康中国"铿锵征途中的一道靓丽风景。

（三）

透过苏州，他们摸到了"小康中国"的强劲脉搏。

对于大多数"洋苏州"而言，"小康"是一个有些深奥的中国词，甚至英文中也找不出准确的词语来翻译，但这并不妨碍他们对中国小康建设的感知和理解。这本书里提到的每一个人，来到中国、来到苏州的时间有长有短，从事的职业各种各样，遇到的人和事各不相同，生活的圈子也几乎没有交集，但他们对自己身边急剧变化的现实从不缺乏敏感，他们对这个城市日新月异的发展感同身受，他们对这个国家在高速发展过程中涌现的巨大机会感到吃惊和好奇，他们在抢抓这些机遇的同时切切实实地看到了这个国家的普通人创造财富和把握机会的能力在加速提升。那些大街小巷里人们自信的脚步和幸福的面庞，都明白无误地诠释着"小康"的丰富内涵。

他们，是"小康中国"的见证者，也是"小康中国"的参与者。

有人用智慧，有人用汗水，有人用爱心，有人用打拼，参与的方式不同，见证的目光却同样深情。因为他们身在苏州。这里的温山软水和田园牧歌给了他们心灵的家园，这里的广阔空间和多样机会给了他们施展才能、实现抱负的人生舞台，这里勤劳勇敢而又淳朴善良的人们给了他们热切的欢迎和无私的友情。这里的一切都像天堂一样美好，这里是他们来了就不想走的好地方。

（四）

他们的身后，是全世界对"小康中国"的好奇张望。

"小康"对中国意味着什么？熟读《诗经》《论语》的魏让方会告诉你，"小康"是中国人几千年的梦想。政府的统计数字会告诉你，"小康"是数亿老百姓"两不愁三保障"的现实场景。在那些对中国充满好奇的眼睛里，"小康"是历史悠久的中国正在进行的一场改变国家命运的社会变革，伟大而又神奇。那个让全体老百姓彻底摆脱贫困的"小康愿景"给全社会的每一个人都带来了期盼和向往，而且，在这个愿景的实现过程中，古老的中国正在重新变得强大而富足。

而这一切竟然只发生在短短的几十年间。

1978年，中共十一届三中全会吹响了改革开放的嘹亮号角，从那一刻开始，这个有着5000年文明史的东方古国拉开了亘古未有的发展大幕，敞开国门迎接全球化机遇，敞开胸怀拥抱来自全世界的信息流、人才流和资金流。国家要强大，人民要富裕！就这样，这场凝聚了全民族意志和智慧的盛大出征正式开始，亿万人向着一个共同的目标出发——挺进小康社会！

1956年出生的安大陆，是伦敦大学政治经济学高材生，辞职来到中国之前是一名BBC记者。很多人都会好奇：这么一个有着体面职业和丰厚收入的老外，放着优裕的国外生活不要，大老远跑中国来干啥？答案几乎没有人知道，他竟然是为了一种叫作"玉"的石头走进了中国，走进了苏州。

在中国传统文化符号里，"玉"就是君子的化身，古人甚至还演绎出了"玉有五德"之类的传统教化。那盈盈一握的美玉，就是一个玉树临风的中国君子啊！即使单看那些巧夺天工的鬼斧神工，那些镂刻的技艺就已经精彩绝伦，令人叹为观止了。

当过多年记者，跑过10多个国家的老安是识货的。中国是世界玉文化的发祥地，而琢玉"苏工"恰是全世界最好的"精工"，美玉配精工，才能巧夺天工！在苏州，这个见多识广的外国人成功地把自己变成了一个充满工匠精神的手工艺人。这门手艺，给了他在"人间天堂"一个美满的家庭，也让他对中国的小康现实有了更深刻的理解：小康，那是多少年精雕细琢的结果！

这就是文化的力量。当你真正懂得了中国的文化，并且深入肌理，你就读懂了中国，也就读懂了中国的小康。这时候，你就会情不自禁地爱上这里，爱到直把他乡作故乡！

（五）

在这些饱含深情的目光里，我们看到了"小康中国"的独特之美。

站在全球视野上，小康建设是中国改革开放融入全球化的产物，是综合利用国内国际两种资源和努力开拓国内国际两个市场的探索过程，是实现体制"破冰"、开启对外开放大门的显著标志，是构建国内国际双循环相互促进的新发展格局的成功实践。

在年轻的"拳王"马国伦看来，"小康中国"就是他开在苏州中心的拳馆一天更比一天火爆的生意。在"洋老师"苏平看来，"小康中国"就是他镜头里一年四季美如画的姑苏城外寒山寺，和那些代表着中国生活美学顶尖高度的苏州园林，也像他那些聪慧勤奋的中国学生朝气蓬勃的样子。而在苏州的"洋女婿"约翰看来，"小康中国"就是代表他们爱心的慈善"小黄桶"，每次在苏州现场募捐都能收获满满。都说慈善事业是衡量一个社会的良心标尺，约翰和他的中国太太汤崇雁从苏州人对待慈善的态度里，看到了"小康中国"的全新高度。

"小康中国"，对于世界上每一双好奇的眼睛，都是一个不一样的"哈姆雷特"，但是无一例外，都很美。

（六）

在这些饱含深情的目光里，"小康中国"的康庄大道一直通往远方。

放眼全中国，苏州的"小康高度"或许特别亮眼。但是，无论你走到哪里去听听、去看看，都一定会发现，小康建设让这个国家在短短两代人手上就彻底改变了模样，这会让你不得不发出由衷的赞叹："中国奇迹"绝不是一句自夸的口号，而是实打实的"硬核成绩"。

不信？你可以从苏州出发，向西北方行进1500多千米，在苏州援建的秦岭大山深处，去问问那些异地搬迁集中居住的老白姓，他们的住房有多舒适，有多宽敞；你也可以去问问那些一年四季走山串村追逐鲜花的养蜂人，他们的生活是不是一年更比一年甜；你还可以往西北再行进800千米，来到贺兰山下，黄河之滨，问问那些牧羊人、庄稼汉和那些正在葡萄园里采摘的村民们，他们的口袋是不是一天天在鼓起来，他们的环境是不是一天天在美起来，他们的小日子是不是一天天在滋润起来，他们是不是只要一想到明天就美得想要唱起来。

你也可以向西南方向出发，同样行进1500多千米，在苏州援建的贵州群山里，去问问那些正在热闹集市上精心挑选银饰的苗族姑娘，她们准备的嫁妆是不是多得新房里快要堆不下；你去问问那些正围坐在火塘边饮酒的彝族汉子，他们的包谷酒和甘蔗酒是不是喝也喝不完；你再去问问那些悬崖村的学生，自从扶贫工作队进村入户后，上学路上是不是再也不用担惊受怕、提心吊胆。

你还可以一路向西，飞越横断山脉的峡谷和激流，飞越上千千米，飞上"世界屋脊"青藏高原，去看看"屋脊上的屋脊"阿里地区的藏民们，看看他们新建的藏式别墅里是否放满了牛肉、酥油和糌粑，去看看他们的草场是否牛羊满圈；你再去问问日光城拉萨那些转街的藏民们，在他们的喃喃低语声中，你是否听到了"小康中国"深沉的回响？

事实上，无论你去往中国的哪个方向，也无论你想走多远，"小康中国"就在你的身旁，就在你的眼前，每时每刻，她都在深深撞击你的心房。此刻，那悠长的回响正穿云破雾，传向更辽阔的远方。

爱恋中国，是我一生的情缘

魏让方

Jean Francois Vergnaud

男，法国籍，中国人民大学中法学院（法方）院长，对中法学院人才培养、师资建设、国际合作等工作的推进以及中法两国在人文社会科学领域的交流与合作做出了杰出贡献。2013年被评为"苏州市荣誉市民"，2015年荣获"江苏友谊奖"。

He is the French Dean of the Sino-French Institute, Renmin University of China. He is not only paid great efforts to talent training, faculty building and international cooperation of the Sino-French Institute, but also to the exchange and cooperation between China and France in the field of humanities and social sciences. He was awarded "Suzhou Honorary Citizen" in 2013 and "Jiangsu Friendship Award" in 2015.

【题记·话说小康】

"三十多年前苏州的小桥流水、粉墙黛瓦，还有水陆并行、河街相邻的双棋盘格局，给我留下了深刻印象。2012年我们学院正式成立，自那以后，我看到工业园区每年都有许多新的公司和学校'冒'出来，这座新城一天比一天繁华、热闹起来。"

"江苏是了解中国的好地方，它的历史、文化和经济发展吸引了很多外国人来江苏旅游、工作，或者定居在这里。"

——魏让方

引子

"民亦劳止，汔可小康。"纵观中国历史，从奴隶社会到封建时代，关于"小康"的论述贯穿其中。它寄托着人民对生活的美好憧憬和传统儒家学说的政治理想。但当这一切从一个外国人的视角来剖析时，似乎增添了些许特别。

从《诗经》到《礼记》到"大同三世说"，到当代中国对"小康"内涵的再丰富，再到全面建成小康社会的生动实践，法国人魏让方对小康的理解，源自中文传统经典，丰富于一次次与中国的邂逅，丰满于来苏工作、生活十年的日日夜夜。

在独墅湖畔,身为中国人民大学中法学院法方院长的魏让方和同事们努力架起一座中法两国高等教育交流的桥梁,留下一段段为中国培养国际性人才的故事,成为小康中国一抹亮丽的色彩。

缘起:中国恩师助他叩开了解中国的大门

头发花白、面容清瘦,说着一口流利汉语的魏让方,斯文而谦和。单看名字,很多人会以为这富有文化气息的三个字属于中国学者。事实上,法国人的浪漫直率和中国人的含蓄温良在魏让方身上奇异地达成统一:习惯于用"……很好,但是……"句式,慢条斯理的说话方式,展示出中国文化对他潜移默化的影响;而时不时迸发的爽朗大笑,又把他法式的直率展露得淋漓尽致。

"我出生于工人家庭。小的时候,有一种介绍中国的画报在法国悄悄发行。我爸爸会把这些画报带回家,我是从爸爸那里获得了关于中国的最初印象,对中国也朦胧地产生了兴趣。"谈起自己的出身,魏让方经常用这句话作为开场白。与中国的结缘,无疑改变了魏让方的人生轨迹。

当时间的指针转回到20世纪40年代,全球局势风云变幻。而中华人民共和国的成立震动了世界,引起了无数西方青年对这个神秘古老国度的向往,魏让方就是其中之一。从那时起,他的心里就埋下了一颗种子:要去这个远方的古老国家看一看。

中学毕业后踏入社会，魏让方的第一份工作是建筑工人。经常辗转于各个工地，整天与沙子、水泥等建筑材料打交道，魏让方一度以为自己的余生就要这样度过，直到遇到了他的中国恩师王冷樵。当时，定居法国的王冷樵要修理房屋，而魏让方恰好是给他修房子的工人。

王冷樵，毕业于民国时期的北京大学，师从胡适先生，曾作为驻外记者长期在瑞士日内瓦工作。遇见魏让方时，已退休的王冷樵在欧洲生活了很多年。从小对中国感兴趣的魏让方，自然不肯浪费这个可以近距离接触中国人的好机会，一有时间就向王冷樵请教关于中国的各种问题。面对这位好学的法国青年，王冷樵总是不厌其烦、兴致勃勃地给予解答。就这样，萍水相逢的两个人经过一段时间的相处，成了师徒，并约定每天下班后，魏让方到王冷樵家学习中文。

不同于外国人学习中文的一般模式，魏让方学习中文的第一课便是古文。零汉语基础的法国小伙能不能行？看着魏让方求知若渴的眼神，王冷樵心里多少存有几分疑虑。但很快，魏让方就用勤奋打消了王冷樵的顾虑。每天下班后，他准时出现在王冷樵家。从《大学》《中庸》《论语》《孟子》"四书"开始，到先秦诸子百家思想，再到中国传统文化中的"儒释道"……在一本本经典古籍中，魏让方叩开了中国文化的大门，了解到中国传统文人"修齐治平"的家国情怀，更对现代中国有了自己的理解。

遇到名师，又是一对一教学，魏让方的中文水平突飞猛进，他的生活也悄然改变。深知自己没有校园学习氛围加持，只有业余时间才能学习的魏让方为了督促自己加快提升学识水平，联系了巴黎的国立东方语言文化学院，并申请了学士学位。按照当时的规定，魏让方只要在每年的固定时间去学校考试，通过所有科目的考核就能取得学位。

相比法国的中文系在校生，魏让方的中文功底优势十分明显——别人只读过一页的中文典籍，他常常早就读完了整本。就这样经过几年努力，魏让方顺利拿到了本科文凭，工作地点也从建筑工地转到了律师事务所，成为律师助理。

邂逅：三十多年前踩着脚踏车初访苏州

遇到王冷樵，开启了魏让方与中国相遇的历程。选择继续深造，是他有意将"偶然"变成"必然"、加深与中国缘分的又一次主动作为，也让他对中国小康社会理念的认知从书本落到了实地。本科、硕士、博士……随着学业的提升，魏让方对中国文化的了解愈加深入。"上有天堂，下有苏杭"的民间谚语，更让他对江南水乡生出了无限向往。20世纪80年代初，作为法国公派留学生，魏让方来到北京做实地研究。其间，他于盛夏南下姑苏，与有着2500多年建城史的苏州有了第一次亲密接触。

"君到姑苏见，人家尽枕河。"粉墙黛瓦间，恬静的小河流过城市中心，勤劳的人民摇着"吱吱呀呀"的小船穿城而过……

一到苏州，这里古老与活力并存的气质就给魏让方留下了深刻的印象。同样是盛名在外的旅游城市，他的家乡尼斯北靠普罗旺斯，南依海岸线曲折的地中海，山巍峨，海汹涌；眼前的苏州，温婉清丽，别有东方含蓄典雅之美。而当时的苏州正在掀开一段改革开放的新历史。上下班高峰时段，自行车铃声的叮叮当当，汇成了一曲节奏明快的乐章。魏让方入乡随俗，也骑着自己租来的凤凰牌自行车，加入了苏州人的自行车大军，开始了对千年姑苏的寻幽访胜。

当吴侬软语遇上洋腔洋调，会是怎样一种场景？当年的魏让方，汉语远没有如今流利。老城中的苏州人，日常交流也以苏州话为主。但回忆起这段经历，魏让方却用"零障碍"来描述。不管是住宿，还是问路，操着不甚流利的普通话的苏州百姓，总是给予他热情的回应。甚至有一次，魏让方在饭店吃完饭，结账时才发现已经有人帮他付了钱……在苏州的一个星期中，魏让方骑着自行车游遍虎丘、拙政园等地，收获的不仅是对苏州气韵的深刻了解，还有对苏州人勤劳、淳朴、善良品格的满满感动。

"小康"，寄托着普通老百姓对美好生活的向往，对幸福未来的期望。在20世纪80年代的中国，这种向往与期望化作热火朝天的干劲和昂扬向上的面貌。一次苏州之行，让魏让方对"小康"的印象从纸上抽象的描述转化成对一个个眉间舒展、眼中有光的人的真实面貌的具象了解，也让他对自己的研究对象之一——顾炎武有了更深刻的认识，理解了江南这片温软多情的土地如何能产生"天下兴亡，匹夫有责"的呐喊。

对中国感兴趣、学习中国文化、到中国实地参观感悟……不知不觉中，魏让方成了"中国通"。拿到博士学位后，他顺利进入法国高校任职。古代中国政治思想史、东方语言文化研究和跨文化交流……在一门门课程的传道、授业、解惑中，魏让方分享着自己对于中国这个远方古老国度的理解，也为更多欧洲学子了解中国打开了一扇窗。

儒家的"仁义礼智信""中庸"，道家的"有"和"无"，"实"和"虚"……这些在课堂上传授给学生的内容，也在潜移默化地影响着魏让方。在他看来，中国古代经典著作中的某些思想，经过历史长河的濯洗，在现代社会中仍有值得借鉴之处。以"中庸"为例，虽然在当代社会，这种思想因与竞争性极强的市场经济不相符而经常被大加挞伐，但在他看来，"中庸"也是在要求人们遇到矛盾、问题时，要从他人的角度多给予理解，找到各方能接受的平衡点，这对现代社会的人们立身处世来说非常有意义。

缘续：从北京的使馆专员到中法学院的筹建元老

与中国的缘分，让魏让方屡屡邂逅改革开放不同阶段的中国。而每一次的邂逅，都给他留下了难以忘怀的印象。

2007年，魏让方再次踏上中国的土地，担任法国驻华使馆高等教育专员。3年任期中，他围绕航空、工程、核能等领域，组织法国高校与中国高校进行了广泛深入的交流合作。这3年，北京奥运会、上海世博会等全球性盛会的举行，不仅向全球展现了东方大国的风采，也让魏让方亲身经历了中国日新月异的发展，亲眼见证了中国人民在经历了汶川地震、青海玉树地震等大灾难带来的伤痛后，依然投身小康社会建设的韧性。

随着经济全球化的发展，全面参与国际竞争的中国对具有国际视野的人才的需求日益强烈。中法两国需要科学家、工程师，同时也需要具有批判思维、多元思想、跨文化能力、扎实的文化知识和现代智慧的人才。这也让魏让方决心在任期结束后，继续回到法国教师的岗位上，向更多的学生传播中国文化的魅力。就在他任期快要结束时，一个看似偶然的机会，续起了他与苏州的缘分。

进入21世纪，中国全面融入经济全球化的大潮，如何培养具有全球视野和国际竞争力的人才，如何促进高等教育的可持续发展，成为摆在中国高等教育面前的重要课题。解决人才问题，要靠发展教育。而中外合作办学，成为这一时期教育发展的潮流。

当时，中国人民大学的校领导找到魏让方，提出想在中国办一所以人文社会科学为主的中法学院，致力于培养"能自由行走于东西方两个文化平台的国际化高端人才"，希望他能凭借自己在中法交流方面的经验给予支持。魏让方一口应承下来，成了中法学院筹建的元老之一。

要建一所中法合办高校，魏让方和人大方面遇到的第一个问题就是选址。这样一所学校,该建在哪里?按照筹建方多次讨论的设想,人大中法学院坐落的位置既要有历史文化底蕴,又要有高度发展的经济社会水平作为支撑;既能代表古老中国的典雅,又要展现现代城市的活力。将所有的必要条件进行整合,古老而又现代的苏州就这样进入了候选名单。

苏州文化底蕴深厚,且进入了转型升级、创新发展和经济国际化提升新阶段。作为对外开放前沿城市的苏州,正全力探求转型创新的全新发展路径。而加大教育国际化力度,为社会经济发展积累人才资源,积聚宝贵财富,则成为苏州回应时代之问的选择。早在2002年,在姑苏古城东面的苏州工业园区,一片高等教育区就在独墅湖畔拔地而起。彼时,聚焦苏州市及苏州工业园区主导产业,独墅湖高教区确立了科研、产业、空间三大发展方向,正在全球范围内"网罗"优质教育资源。就这样,本就对苏州心怀好感的魏让方,决定和人大校领导一起到园区考察。此时,距离魏让方上次来苏,已经过去了20多年。

"苏州,这座古老城市,用古典园林的精巧,布局出现代经济的版图,用双面刺绣的绝活,实现了东方与西方的对接。"这些年,提到苏州,人们习惯于用这样一段话串联起这座历史文化名城的"前世今生"。1994年启动开发建设的苏州工业园区,是中国改革开放国与国合作建设的典范。借鉴新加坡的种种先进经验,迈出追梦世界先进水平步伐的园区,此时已经过了16年的发展,成为苏州现代经济版图的重要支撑。再次踏上苏州的土地,眼前

爱恋中国，是我一生的情缘

在独墅湖畔，魏让方和同事们努力架起中法两国高等教育交流桥梁

的一切一方面让魏让方印证了脑海中对苏州的印象,另一方面也让他十分吃惊:姑苏老城区的苏州,依旧保持了千年不衰的特色;而曾为水田洼地的独墅湖畔,如今大片草地、树木等绿化四处分布,其间伴随着一片片热火朝天的工地。园区方面展现的诚意和实力,让这次考察团的成员们频频点赞,也让魏让方心里有了谱。

毫无意外,独墅湖畔成了人大中法学院的落户地。眼看中方迅速敲定了校址,懂得"礼尚往来"的魏让方也亮出了法方支持高校的名单。翻开这些学校的简介,尽是一个个重量级的荣誉:

——巴黎索邦大学,其前身巴黎大学始建于12世纪中期,由法皇路易七世正式授予其"大学"称号,是中世纪极为卓越和古老的大学之一,又被誉为"欧洲大学之母"。

——蒙彼利埃保罗-瓦莱里大学,欧洲历史极悠久的大学之一,其地位由教皇尼克拉四世授予。1970年,该校原来的文学院、艺术学院、语言学院和人文与社会科学学院组成了现在的蒙彼利埃保罗-瓦莱里大学,以纪念出生于塞特、在蒙彼利埃接受教育的法国象征派大师、法兰西学院院士保罗·瓦莱里。

——凯致高等商学院。该校由法国马赛高等商学院(后名为欧洲地中海管理学院)与波尔多商学院于2013年7月合并而成。马赛高等商学院和波尔多商学院分别创建于1872年与1874年。凯致高等商学院在法国所有商学院中,财政预算排名第三,工商管理硕士排名第三,学术研究排名第二。学校同时也享有法国高等商校认证乃至AACSB（国际商学院协会）、EQUIS（欧洲质量改进体系）及AMBA（英国工商管理硕士协会）三大权威认证。

这份沉甸甸的法方高校名单，凝结着魏让方对中法未来的坚定信念。至此，这位中法文化交流使者的人生传奇在独墅湖畔开启了新篇章。

深耕：独墅湖畔"摸着石头过河"

自2010年5月启动之后，经过两年多的筹备，2012年6月12日，中国人民大学中法学院在苏州工业园区独墅湖畔正式成立。不同于西交利物浦大学和宁波诺丁汉大学的办学模式，背靠中法四大名校的人大中法学院开创了中方一流大学主导、外方一流大学参与合作的第三种模式，由中法双方资深教授及著名学者长期任教。作为国内第一所以人文社会科学为主的非独立法人的中外合作办学机构，人大中法学院充分整合中法两国的教学资源，在教学中坚持中、英、法三语教学，三分之二的课程采用国际师资授课。每年，人大中法学院还接受法国留学生来校学习，全力营造中法两国学生共同进步的氛围。

课程设置、教学安排……人大中法学院从无到有，从学院架构、师资配比到课程安排，既有对以往经验的延伸，也有"摸着石头过河"的探索。2009年9月，人大国际学院（苏州研究院）开办中法财务金融硕士项目。2010年7月，在国家教育部的支持下，

"洋苏州"眼中的中国小康

每年人大中法学院的毕业生,除选择在中法两国继续
深造外,还有约四成去第三方国家留学

人大中法学院的第一届金融本科实验班由学校招生就业处统一在当年高招中招生。当年9月，首批57人在学校本部入学，次年9月进入国际学院学习，并于2012年8月赴法国高校进行第三学年的学习。成立当年，人大中法学院开设了金融学、国民经济管理及法语等专业，彰显出鲜明的办学特色。

办学校不容易，办一所中外合作的大学更是不容易。这其中需要无数次磨合、协调、衔接。不喜欢强调困难的魏让方，如今提起当时遇到的困难，只是微微一笑。担任中国人民大学中法学院（法方）院长以来，长期生活在独墅湖畔的他，在日复一日的忙碌中，不忘教书育人的初心。

"长期处在一个环境中，人们会对一切习以为常。只有当环境发生变动，人们才会了解自己，了解周边的环境，了解整个世界。"魏让方说。抱着这样的初衷，人大中法学院制定了学生第三年必须赴法学习的制度。"对中国学生来说，只有出国了，才能更了解自己、了解中国。同时，也能在不同的文化中了解到其他文明的思维方式，这会成为人们互相理解、协调的基础。"

"在学习中找寻自己"是魏让方的教育理念，也是他的切身体验。回顾自己的求学经历，魏让方认为，是学习中文让他发现并找到了自己。经历了人生的起伏，回顾往事，最初向老师王冷樵求学的这份缘起，是魏让方发现自己的开端。在中国文化中，他发现了自己"中庸"的一面，发现了自己欣赏"人之相与也，譬如舟车然，相济达也"的互利互助，甚至连老师王冷樵给他取的中文名字，他都觉得十分贴合自己的性格。"魏让方"三个字，最早是王冷樵对魏让方法文姓名的中文音译。但魏让方却觉得，一个"让"字道出了他性格中不喜欢竞争的因子，一个"方"字又点出了他外圆内方、恪守"君子固穷"的性格特点。

不喜欢竞争的魏让方，却要教出一批具有国际竞争力的学生，这看起来有些矛盾，但他却有自己的逻辑。他认为每个学生都有自己的性格和喜好，学校要做的就是提供良好的学习环境，让孩子们在"阳光雨露"中成长，不需要刻意把教师个人的想法施加在学生身上。而人大中法学院取中法两国教育之长，能够实现中西教育的优势互补。

身浸中西方高等教育多年，魏让方对两种文化下的教育模式特点进行了比较。他认为，中国的考试强调标准答案，要求学生把答案背下来，强化了记忆力。西方课堂上没有固定教材，只有授课教师对某一个领域问题研究和解决方案。考试也不会直接考察学习过的内容，而是看学生解决问题的能力。这两种教育方式结合起来培养的学生，相当于一台有着超级存储和计算能力的计算机，既有超大的硬盘，又有快速反应的CPU，能迅速解决问题。

进入好的大学并不意味着一切。在魏让方看来，一个人学习的大学分为两所，一所是高校，另一所就是社会。人大中法学院这样一所国际化的学校，能给学生提供的是开放的氛围和开阔的眼界。人生更多的经验需要从家庭、社会和具体的生活中获得，只有高校和社会大学联合作用，才能真正塑造一个人的世界观。

融入：苏州就是一碗苏式汤面，越吃越有味道

这里是我国最大规模的法语教育基地；

这里是我国唯一在苏州招收本科学生的985高校；

这里是我国最重要的跨东西方文化的高端人才培养基地；

这里是真正意义的中西方高等教育体制高度融合的典范……

经过8年发展，如今的人大中法学院光环加身，和独墅湖畔其他30所知名高校一起，组成了当之无愧的"名校走廊"。

一个学校成功与否，学生评价是重要标尺。在魏让方眼里，这把标尺又有两个方面：一方面是学生对学校的评价，另一方面是外界对该校学生的评价。每学期期末，人大中法学院都会请学生对本学期学习的课程内容、授课方式、教师教学水平等进行逐一评价。靠着这种以学生为中心的教学理念，学校收获了学生们的高分点赞。对于第二点，魏让方同样很有信心——每年，人大中法学院的毕业生，除选择在中法两国继续深造外，还有约四成去第三方国家留学。"我们的学生不管去哪里的学校，都很受当地欢迎。"对此，魏让方自豪地说。

伴随着人大中法学院一同成长的，还有独墅湖畔快速集聚和崛起的创新产业。一幢幢拔地而起的高楼，一家家陆续开业的企业，让学校周边一天比一天热闹、繁华。身处其中，几乎每天

都在变化的环境,也道尽了改革开放以来苏州天翻地覆的变迁。

"三十多年前苏州的小桥流水、粉墙黛瓦,还有水陆并行、河街相邻的双棋盘格局,给我留下了深刻印象。2012年我们学院正式成立,自那以后,我看到工业园区每年都有许多新的公司和学校'冒'出来,这座新城一天比一天繁华、热闹起来。"

一座烟雨入巷陌的姑苏城,以改革开放为起点,开启一座千年古城向现代化国际都市飞跃的传奇。魏让方与苏州的第一次邂逅,是千年苏州迈步追赶世界先进的起步阶段,由此释放出的蓬勃活力,让他感受到中国人对小康社会的殷切期盼。而随后在中国工作乃至长期在苏生活的经历,则让他体会到了中国百姓把对生活的美好期盼化为实际行动、凝心聚力深耕发展的决心。42年弹指一挥间,在魏让方眼中,苏州全面建设小康社会的追求中,变与不变的交织前行,是永恒的主题——

42年来,变的是城市发展,不变的是千年历史文脉的延续。虎丘、拙政园、沧浪亭,一块砖、一堵墙、一座城……这些当年让魏让方第一眼就记在心间的风景,如今依然完整地保留在城市中,成为苏州拨开历史烟云寻根的符号。与之相伴的,园区、新区等现代化新城拔地而起,让千年水韵苏州焕发新的生命力。

42年来,变的是从"农转工"到"内转外"再到"量转质"三大跨越,不变的是以古典园林的精巧艺术构建现代经济版图的独特匠心。城市在扩大、工厂在变多、产业在丰富,但前进中的每一步,苏州都会在紧要关头抓住发展机遇,坚定不移地解放思

爱恋中国，是我一生的情缘

想，把创新作为城市发展的引擎。

42年来，变的是苏州在中国经济版图中的地位，不变的是人与自然和谐相处的前瞻设计。绿树成荫，鲜花环绕，朗朗清风，悠悠碧波。改革的车轮滚滚向前，开放的潮流浩浩荡荡，苏州却在保持经济社会快速腾飞的同时，守护了鱼米之乡的魂魄，以生态文明的青山绿水描绘现代版"姑苏繁华图"。

苏州，还是那个苏州，却又不再是那个苏州。魏让方以自己生活的园区举了一个例子。园区全称中新合作苏州工业园区，不了解的人第一次听这个名字，会觉得这是一片工厂密布、烟囱林立的工业集聚区，有的甚至会"脑补"这里空气污浊、环境恶劣等种种细节。只有到过这里的人才明白，苏州工业园区固然有工业，但这里本质上还是一个"Park"，是一个被绿树鲜花环绕的大公园。

苏州，整个城市就是一座园林。徜徉在其中，魏让方喜欢在环古城河健身步道漫步，热衷于从独墅湖畔骑自行车到阳澄湖边，感受四季的气息。天气好的时候，他和家人经常坐在校园周边的草坪上，一面看着来回奔跑的孩子，一面思考着人大中法学院的未来。通过和政府机构的互动，作为学院法方代表的魏让方十分看好中法今后的交流。"我们有了新想法、新主意，可以毫无保留地跟政府说，会得到他们的支持。我相信未来即使遇到什么问题，都会得到很好的解决。"

回望青年时期，巧遇中国恩师打开了解中国的大门，而后一路升学，来到中国……魏让方的大半生，在波澜起伏中一步步加深了与中国的缘分。2010年，魏让方获评苏州工业园区首届"金鸡湖双百人才"；2012年，获得苏州市"优秀外国专家"荣誉称号；2013年，入选"苏州市荣誉市民"；2014年9月，荣获江苏省人民政府颁发的"江苏国际合作贡献奖"；2014年10月，荣获法国政府颁发的法国国家荣誉军团骑士勋章；2014年12月，荣获"情动江苏·杰出国际友人"称号；2015年，荣获"江苏友谊奖"……一份份荣誉，见证了魏让方为中法交流做出的贡献，也酝酿出了他对中国日渐深厚的情谊。2017年魏让方作为江苏发展大会嘉宾接受采访时说："江苏是了解中国的好地方，它的历史、文化和经济发展吸引了很多外国人来江苏旅游、工作，或者定居在这里。"

太太是中国人，两个孩子也长在中国，如今的魏让方，早已把苏州当成了他的家。他用爱浇灌着自己幸福的小家，也把巨大的热情投入到苏州高质量发展的建设中来。中国的未来需要国际化人才，东西方交流需要更多的桥梁。魏让方和他的同事们正在为培养更多"能自由行走于东西方两个文化平台的国际化高端人才"而时刻努力着。"我们生活在同一个地球。我们需要互相理解、协调，为了我们共同的目标努力。"

眼下，围绕着培养目标，他和人大中法学院的同仁们一起，希望在学校里开设一个专门研究法语国家的研究院。未来，希望人大中法学院能进一步开设硕士和博士点，成为培养中法跨文化

爱恋中国，是我一生的情缘

魏让方相信未来发展更好

交流使者的"摇篮"。

谈及"小康"的话题,魏让方认为,"小康"就是社会主义的某个阶段性目标。"我很高兴中国在这个阶段提出小康社会。现在很多西方国家把'商'放在第一位。在中国,我很高兴看到,'士农工商'中的'商'虽然重要,但不是人们追求的小康社会中最重要的东西,利益不是社会发展的最终目的。"

将自己的人生置于中国改革开放和全面建设小康社会的传奇追求中,魏让方对中国小康社会的了解,从书本延续到现实,从旁观转变为参与、再到融入。他成就了一段外国人与中国的特殊情缘。"我对苏州的感觉,就像对苏式汤面的感觉。第一口吃下去,觉得是清淡之美,但是越吃越有味,越吃越好吃,最后完全爱上这种味道。"生活在苏州,魏让方对眼前安静却又充满活力的开放环境十分满意,他认为这里是做学问、培养学生的理想地方。未来,他将在这里继续挥洒自己的汗水,当好中法文化交流的桥梁,继续书写自己的人生传奇。

美丽苏州圆了我的"中国梦"

曾昭孔

Tan Chow Khong

男，新加坡籍，通富微电副总裁，苏州通富超威半导体有限公司总经理。他长期以来致力于推动中国高端集成电路封测产品技术发展，并在教育、慈善等领域做出了重要贡献。2015年被评为"苏州市荣誉市民"。

He is the Singaporean Vice President of Tongfu Microelectronics, general manager of TF-AMD Suzhou. He has been committed to the promotion of the development of high-end integrated circuit packaging and testing product technology in China and has made significant contributions in the fields of education and charity. He was awarded "Suzhou Honorary Citizen" in 2015.

【题记·话说小康】

"春天的草长莺飞，夏日拙政园满池的荷花，中秋时分满城丹桂飘香，隆冬里蜡梅独占雪的风姿，苏州，每一时每一景的美，都已经深深地刻在了我们的记忆里。这里的事、这里的美，是我人生经历里最宝贵的财富！"

"苏州工业园区的成功之处，就在于这里对外国人的包容度、接受度很高。这里不但有中国的特色，也有西方特色，让人感觉全世界的精华都被带到了这里。"

——曾昭孔

引子

工作日早上7点，阳光洒进窗台，家住苏州工业园区金水湾的他准时起床，简单吃过早餐后，驱车前往位于湖西的公司，开始一天忙碌的工作。傍晚5点，华灯初上，他下班后喜欢来到金鸡湖畔的餐厅、咖啡吧，会会老朋友，交流生意经，谈谈新项目，总有聊不完的话题。

双休日是属于生活的时间，他经常陪着夫人漫步古城区，有时去园林觅芳，有时去虎丘登高，有时去花鸟市场寻找欢喜，当然还少不了来一碗苏式红汤面补充能量。

休假的日子不能错过行走的快乐，夫妇俩约上朋友，登黄山、下三亚、赴沙漠、游西南，饱览中国各地美景。

……

这就是曾昭孔的苏式生活缩影。自2004年来到苏州，曾昭孔已在这里度过了16个春秋。无论是工作还是生活，他早已与苏州融为一体。

在苏州，曾昭孔拥有许多头衔："苏州通富超威半导体有限公司董事总经理""长三角G60科创走廊集成电路产业联盟秘书长""苏州市集成电路行业协会副理事长""西交利物浦国际商学院国际咨询委员会委员""苏州红十字会诚善项目、德善项目发起人"……不过，曾昭孔最爱的头衔还是"苏州市荣誉市民"，他说这个称呼让他觉得自己是一名真正的苏州人。

魂牵故土的南洋才子

一百年前的华南之洋，原本在海南生活的曾昭孔祖辈带着家人漂洋过海，迁居至马来西亚，开始了新的生活。这座半岛新旧辉映，东方色彩与西方文明有机融合。1963年，黄皮肤、黑眼睛的曾昭孔在这里出生。

其实，海南还只能算作曾家祖辈的故乡，距离马来西亚4500多千米的山东省济宁市嘉祥县才是曾昭孔的祖籍所在地。春秋末年的嘉祥，思想家曾子生活在这里，他是儒家学派的七十二贤之一，倡导以"孝恕忠信"为核心的儒家思想、"修齐治平"的政治观、"内省慎独"的修养观、"以孝为本"的孝道观，参与编制了《论语》，并撰写《大学》《孝经》《曾子十篇》等作品。而曾昭孔则是曾子的第73代孙。

有着华夏血脉，在南洋生活的曾家人魂牵故土。在曾家，每个人都会讲英语、马来话、海南话和普通话。少年时期的曾昭孔前往新加坡求学，以梦为马，追赶朝夕。高中毕业后，他以优异的成绩考入美国密西西比大学，攻读电子工程专业。1988年，曾昭孔大学毕业后回到新加坡，进入美国AMD超威半导体公司（新加坡）做起了硬件工程师。

20世纪70年代，世界电子产业进行了第一次重大转移，电子制造业由美国、日本转移到韩国、新加坡等国家和中国的台湾、香港等地区。20世纪90年代，电子信息成了亚洲四小龙的支柱产业。对于此时的新加坡年轻人而言，电子产业意味着机会与未来。曾昭孔技术精湛，业务素质过硬，且勤奋刻苦，很快成长为公司的骨干力量。

稳定的事业，富足的生活，曾昭孔凭借自己的努力成为大家眼中的"成功人士"。不过他自己清楚，人生还有一个心愿没有实现。其实远渡重洋十几年，无论是在美国还是新加坡，曾昭孔心底始终怀有一个"中国梦"。他知道自己的"根"在中国，那里有他想象了无数次的祖先故里，有他素未谋面却血脉相连的族人。

同时,他很好奇中国的人民过着怎样的生活,那里是否也有电子产业的发展平台。

"亲自踏上中国的土地,亲眼去看一看。"这成了曾昭孔人生最大的心愿。

和苏州的第一次亲密接触

20世纪90年代至21世纪初,世界电子产业面临第二次大转移,即转移到中国的沿海地区。在此背景下,AMD公司也开启了新一轮的产业布局。

同一时间,在苏州古城的东部,苏州工业园区的建设也破土动工。以往湖荡密布、阡陌纵横的农田水乡变了样,为苏州"新天堂"勾勒出崭新的形象。这片崭新的园区是将中国扩大对外开放的现实需要与新加坡寻求新的发展空间的战略构想结合,把一场迅捷而脱胎换骨的变革赋予了一块原本古老而静谧的土地。21世纪后,苏州工业园区进入快速发展阶段,迎来了大动迁、大开发、大建设、大招商、大发展时代。

2000年,为了帮助AMD公司寻址建立新的工厂,曾昭孔受命前来中国考察。这是他第一次踏上中国的土地,而只这一次便令他永生无法忘怀。公司的考察计划表上有上海、深圳、厦门、无锡、苏州等几座城市,曾昭孔至今还记得第一次来到苏州时的情景。

曾昭孔在讲述他的苏州故事

　　"我们是从上海来的，那时候还没有高铁，汽车载着我们走省道抵达了苏州。看到宁静朴素的村庄，看到小桥流水，我感到既温馨又亲切。好像我们不是初次见面，而是久别重逢。"曾昭孔回忆道。那时候的苏州尚没有今天繁华，苏州工业园区也是刚刚起步的新园区，可曾昭孔对苏州就是有"一眼万年"的感觉。

　　当然，投资办厂不能凭感觉，好感之后是公司团队的理智分析。大家认为，苏州是个很少发生自然灾害的福地，环境优美，交通条件便利，自古便有"天堂"的美称；而且苏州的劳动力素质高，宜居城市容易吸引更多优秀人才前来安家落户；还有，最打动考察团队的是苏州工业园区真挚的亲商态度。

　　"作为中国和新加坡两国政府间的重要合作项目，苏州工业园区本就对我们新加坡公司有着极大的号召力，我们没想到的是，苏州政府招商引资的决心如此之大。"曾昭孔回忆说，当时考察完湖西的工厂选址后，他去拜访苏州工业园区管委会副主任杨建中。抵达管委会时，杨建中正在开会，一听说新加坡投资商代表来了，他即刻从会议上请假，亲自出门迎接。

　　见到风尘仆仆的曾昭孔，杨建中上前拉住曾昭孔的手，热情地介绍起工业园区的发展前景。看到曾昭孔越来越舒展的眉头，杨建中趁热打起包票："只要AMD公司愿意来苏投资，不会有后顾之忧，政府会站在投资商角度想所有问题，而且企业所有来苏对接细节将有专员负责逐一高效落实。"从杨建中眼中闪烁的光中，曾昭孔看到了坚定的态度和果断的执行力。一幅AMD苏州工厂的蓝图在曾昭孔脑中愈来愈清晰……

就这样，AMD新加坡公司在中国拟建厂考察城市名单上圈定了苏州。

AMD：从外资公司到合资公司

作为第一批在园区投资的美国公司，曾昭孔也因为AMD的落户，开始了在苏州的新生活。AMD随着园区的节拍起舞，成就了一次又一次的突破和飞跃。伴着AMD的发展，曾昭孔也不断书写着自己的精彩人生。

刚进入苏州时，AMD的首要任务是把新加坡公司成熟的产品线转移到苏州。转移大批量生产设备是AMD苏州公司遇到的第一个问题。按照海关、商检的正常流程，转移工作需要两个月甚至半年时间，渴望工厂快速进入正规运转状态的曾昭孔犯了难。这时，他想起了杨建中副主任的话，便把难题告诉了苏州工业园区管委会招商对接人。没想到，园区管委会立即着手处理，协调多方力量，为AMD转移设备开辟绿色通道。最后，仅用了一周时间，AMD苏州公司从国外转移过来的设备全部到位。

看着一个个大家伙在新工厂安了家，AMD苏州公司的创始团队兴奋地相互击掌。"管委会的领导果然没有食言，苏州，我们是来对了！"第一个难题迎刃而解，曾昭孔也更加坚信当时的选择没错。

硬件齐全了，AMD苏州公司开始招募人才。由于人力资源增长迟缓于产业转移速度，因此除了本土人力，AMD苏州公司急需在世界范围内招募专业技术人员。"苏州果然魅力独特，许多新加坡人对这里心怀向往，欧美人也愿意来这里体验历史文化名城的滋味。"曾昭孔说，很快地，一批来自国内外的工程师聚到AMD苏州公司一起打拼新的未来。

AMD的到来，让苏州工业园区具备了半导体封装测试能力，令这里的电子产业链更加完整和完善。

大概用了五年时间，AMD苏州公司站稳了脚跟，频频获得美国总部的"点赞"。"证明了自己之后，我们希望可以承接生产更多的新产品。"曾昭孔说。起初，AMD苏州公司使用的都是国外转运过来的落后旧设备，渐渐地，AMD苏州公司也能够从美国总部购买新设备了。AMD苏州公司靠实力说话，随后争取到了直接将美国总部研发出的工程样品进行批量生产的资格。接着，AMD苏州公司的产品越来越多样化，已在AMD集团占有重要的位置。

一晃20年，曾昭孔为AMD苏州公司的发展壮大倾注了大量心血，在各方面都取得了举足轻重的成绩。为了更快地实现企业的转型升级和长远规划，2016年前后，曾昭孔的脑中时常浮现一些问题：如何让AMD这间工厂抓住大好形势，真正实现转型升级？如何在中国真正实现落地开花？……然而这些想法最初遭到了不少质疑。"做高高在上的跨国企业老总不好吗？为什么要当本地企业老板?""卖股权?脱离总部的管理?是不是太冲动了?""本土企业控股后,公司未来会不会走下坡路?"反对的声音一时间将曾昭孔包围,但他丝毫没有受影响,因为他看好了合资公司的未来——

跨国公司的直接管理已经遇到了瓶颈,除了承接封装业务的"外单",AMD苏州公司需要更丰富的业务实现提档升级。而且国内市场逐渐成为电子产业的"主角",只有拥有独立的决断、融资、管理资格,AMD苏州才能有更广阔的舞台。

在曾昭孔的运筹帷幄下,2016年4月,AMD苏州实现了与南通通富微电的合作,成功设立了集成电路封测合资公司——苏州通富超威半导体有限公司。新合资公司的成立无论对于AMD、通富微电还是对于中国高端集成电路封测产品技术发展都具有深远的战略意义。

如今,苏州通富超威半导体有限公司主要从事高端处理器芯片封装测试业务,满足从处理器半成品切割、组装、测试、打标、封装的五大CPU后期制造流程,同时具备对中央处理器(CPU)、图形处理器(GPU)以及加速处理器(APU)进行封装和测试能力。目前苏州通富超威总建筑面积44373.41平方米。新大楼4—6层扩建项目已经如火如荼地开始了,建成后,苏州通富总占地面积59.22亩,总建筑面积74921.3平方米。

"我们现在可以自由做主,寻找供应链合作伙伴,助推中国国内电子产业成长。我们也可以独立融资,开辟新项目,将盈利

"洋苏州"眼中的中国小康

曾昭孔办公室摆放的荣誉奖牌

回馈给员工们。"曾昭孔骄傲地说。

2020年8月，在苏州市政府颁发的2019年度经济贡献奖项中，苏州通富超威半导体有限公司获得"外贸稳增长突出贡献奖"。这项荣誉与曾昭孔对AMD苏州发展历程的总结词高度一致——快速又稳定。

在职人员从600余人到1700余人，员工平均学历从中专到大专，产品业务精湛度从95纳米到7纳米，从外资公司到合资公司……16年来，AMD苏州书写着外资企业在苏州蜕变的传奇。

在园区：从只有工作到拥有全部

今天，一如既往流向娄江的金鸡湖用白帆游艇、绿树景观、城市倒影和七彩霓虹向蓝天白云自信且自豪地述说着一个因城而变的故事。如今的苏州工业园区早已经不单是一个"工业园区"，而是一座产城融合的都市。但在16年前，对刚来苏州落脚的曾昭孔而言，苏州工业园区的确是名副其实的"工业园区"。

曾昭孔说，当时的园区只有工作没有生活。"园区来了不少企业、工厂，但是每天晚上6点以后，园区的马路上基本没有人了，因为员工们的生活都在古城区。"他回忆道，晚上下了班想吃顿宵夜，同事们只能开十几分钟车前往古城区。环线高架以内花红柳绿，人声鼎沸，靠近金鸡湖附近，冷冷清清，孤孤单单。不过，这样的局面很快就被改变了。

2010年以后，园区的发展速度明显加快，工厂越来越多，从湖西扩散到湖东，行业的种类也越来越丰富。与产业配套的住宅、商业也多了起来。金鸡湖被规划成城市景观公园，她通过从东北到西南的一条轴线分成两个部分，西北部是城市的、年轻的、活泼的、充满能量的，东南部则是自然的、宁静的。湖滨大道成了市民休憩漫步的景观大道，隔湖相望的文化水廊把湖西的繁华与热闹过渡到湖东。苏州文化艺术中心花窗般的幕墙折射着城市的文化之光，李公堤像一串项链串起东西两岸的璀璨，时代广场的神奇天幕演绎着摩登的精彩……"那时候，感觉园区每个月都在变样，如果遇上一次较长时间的出差，回来后会发现变化很大，快要不认识了。"曾昭孔说。

从1994年至今，苏州工业园区的建设已走过26个年头。作为中国和新加坡两国政府间合作的旗舰项目，以及全国首个开展开放创新的综合试验区域。截至2019年底，园区已经成为聚集5000余个外资项目、9万多家内资企业、近300所学校的现代化产业新城。这片承载着成千上万个企业和人物故事的土地，是改革开放的践行者，也是中国经济创新发展的重要地标。

如今的园区融入了工业、商业、旅游和居住等各种城市元素。站城一体的苏州中心、亲水的金鸡湖慢行步道，还有自然养生的阳澄湖和引领科技前沿的独墅湖。工业园区，已然成为现代化苏州的城市中心。"在这里，我可以找到各国美食，慰劳疲惫了一天的身躯；要出城，高铁站就在附近；去古城区，坐地铁也同样便捷。"曾昭孔说,他工作在园区,生活在园区,自己是苏州人中的园区人。

今年由于疫情的原因,曾昭孔已经一年没回新加坡了,不过这次疫情的经历令他更加深刻地感受到园区"亲商"理念的一以贯之。春节前后,产品订单只增不减,为了答复客户的需求,AMD苏州公司向金鸡湖商务区申请不停工。当然,前提是AMD苏州公司能够保证防疫工作的安全到位。金鸡湖商务区的工作人员得知AMD苏州公司的情况后,立刻派专班查验公司内部的生产和防疫情况。走进AMD车间,尽管在岗员工减少,生产线却有条不紊地忙碌着。AMD车间的人员进出查验规范,消毒物品摆放有序,消毒频率到位,口罩储备充足。确认没问题后,金鸡湖商务区给出了"不停工许可"。

今年3月,全国疫情防控取得阶段性胜利,AMD苏州公司又第一时间提交了复工申请,因为熟悉且信任AMD苏州公司的管理,金鸡湖商务区再次以最快的速度审批通过了"复工许可"。为了帮助企业渡过难关,金鸡湖商务区还实时走访企业,了解困难,并送上防疫物资、出台了帮扶优待政策。

"大忙人"曾昭孔

熟悉曾昭孔的人都知道,他是个大忙人。

长三角G60科创走廊集成电路产业联盟秘书长、苏州市集成电路行业协会副理事长、苏州市海外留学生协会委员、西交利物浦国际商学院国际咨询委员会委员、苏州工业园区职业技术学院董事会董事、苏州市红十字会第六届理事会理事、苏州生产性服务业协会名誉会长、苏州工业园区外商投资企业协会主席兼秘书长、江苏省信息协会委员、苏州大学电子信息学院客座教授，以及中国人民大学国际商学院（苏州研究院）、中法学院职业导师……一连串的社会职务头衔标志着曾昭孔的社会角色，也体现出他的人生厚度。

曾昭孔热心公益事业。十几年来，他一直坚信要乐于回馈社会。工作之余，他在行业、教育、慈善等领域均担任着重要的角色并且取得了令人瞩目的成就，且他的卓越成就得到了人们的广泛认可，他曾获得"苏州市荣誉市民""江苏省科技企业家""苏州慈善楷模"等荣誉称号。

曾昭孔在为AMD苏州公司的发展尽心尽力的同时，也非常关心其他落户园区的外商投资企业。从宏观来看，产业聚集能为企业成长带来倍速效应；从个体来看，企业抱团进步可以共抵风浪。曾昭孔多次连任苏州工业园区外商投资企业协会主席及秘书长，为园区的政企互通建立起重要纽带，并给区内外资企业提供力所能及的协助。

星期天的午后，在一场企业沙龙上，企业家们各抒己见，有的分享成功经验，有的诉说遭遇的困难，而作为沙龙主持人的曾昭孔总是认真地记下这些发言。"我在苏州这么多年，朋友很多，美丽苏州圆了我的"中国梦"

曾昭孔在苏州公司里与同事交流

跟政府的关系也好。企业家朋友们聚在一起，经常聊聊各自遇到的困难或者瓶颈，一些共性问题我会收集起来，向政府反馈，个性问题我也试图通过自己的资源助其渡过难关。"曾昭孔说。

"诚善助学计划"是一项致力于为贫困学生筹集善款、帮助他们完成学业的慈善项目。每年慈善团队都会组织拍卖、长跑、义卖等多种形式的活动进行推广。2020年，因为疫情影响，"诚善助学计划"只进行了线上捐款，依然募集到了超过32万元人民币的善款。2007年至2020年，有近680家企业及个人参与了该项目，募集善款逾700万人民币。该项目捐助了苏州大学、苏州科技大学、苏州市职业大学、苏州工业园区职业技术学院等高等院校近1500名贫困学生。而曾昭孔就是"诚善助学计划"这一慈善项目的发起人，一坚持就是14年。

按照曾昭孔的初衷，援助贫困学子，不仅是给予学费资助，还包括提供新生励志培训、到工厂实地参观或实习的机会等。"我们帮助的主要是成绩优异、家庭经济有困难的大学生，救助的核心理念是'助人自助'，希望这些青年人能够快速地融入社会，实现自力更生。当然另一方面，这些学生毕业后即成了人才资源，企业也刚好需要人才，我们的计划岂不是一举三得？"曾昭孔说。

根据追踪数据，"诚善助学计划"资助的一批批学生踏上了社会，成为各行各业的骨干力量，也有三分之一的学生考上了研究生继续深造。众人的爱心善举感动着受助者。这些学生也怀着感恩的心回馈社会,其中90%的受助学生坚持参加社会公益活动,如义务献血、加入青年志愿者协会、参加各类义工活动等。

苏州,就是我的家

"没来苏州之前,对她的了解大多来自朋友的口述和书本:2500年前,一座城市在江南崛起。她被称为'江南鱼米之乡',是文人笔下的小桥流水人家,充满着诗情画意又非常富庶。时代变迁,潮起潮落,她随着历史的不断积淀,逐渐成为江南的经济文化中心。来到苏州以后,用心去经历和体会,才知道她的种种远比原来听到的更美……"这是曾昭孔笔下的苏州。

2004年,曾昭孔来到苏州,他的家人也随他一起落户苏州工业园区,他们的生活在这里翻开全新的篇章。"苏州工业园区的成功之处,就在于这里对外国人的包容度、接受度很高。这里不但有中国的特色,也有西方特色,让人感觉全世界的精华都被带到了这里。"曾昭孔一家这样评价道。

曾昭孔有两儿一女,三个孩子全部毕业于园区配套的新加坡国际学校。"他们在这里得到了非常好的教育,同时还结交了来自全球很多国家的伙伴,现在如果他们要到全世界各地去旅游,要找朋友接待或一起出游,比我都容易。他们还一起到孤儿院做慈善,一起把孤儿院的小朋友带到家里。"曾昭孔说,现在儿女们都已长大成人,在世界不同的城市打拼着他们的人生,"但孩子们总是告诉我，苏州，就是第二个家"。

　　曾昭孔夫妇都很喜欢中国传统文化。在曾昭孔的办公室边柜上，摆放着他从各处搜罗来的古董宝贝，核雕、篆刻、琉璃、机械钟……曾太太更是一位诗词爱好者。生活在苏州，她有一个诗词"圈子"，平日大家切磋交流，好不惬意。

　　"春天的草长莺飞，夏日拙政园满池的荷花，中秋时分满城丹桂飘香，隆冬里蜡梅独占雪的风姿，苏州，每一时每一景的美，都已经深深地刻在了我们的记忆里。这里的事、这里的美，是我人生经历里最宝贵的财富！"曾昭孔说。

　　未来，曾昭孔希望长久地在苏州生活下去，为此，他专门申请了中国绿卡。曾昭孔说，苏州是一座来了就不想离开的城市。

我命中注定要做一根纽带

马国伦

Goran Martinovic

男，克罗地亚籍，克罗地亚拳击冠军，摔跤冠军，苏州黑领带体育服务有限公司总经理。他致力于体育和慈善工作，并在促进中国和克罗地亚文化体育交流方面做出了杰出贡献。2020年荣获"江苏友谊奖"。

He is a Croatian boxing champion and wrestling champion and the General Manager of Suzhou Black Tie Sports Service Co., Ltd. He is committed to sports and charity work and has made outstanding contributions in promoting cultural and sports exchanges between China and Croatia. He received "Jiangsu Friendship Award" in 2020.

【题记·话说小康】

"英文中纽带和领带是一个单词，也许我命中注定要做一根纽带，一根连接中克友谊的纽带。"

"我在苏州过得很开心，我热爱苏州的开放包容、日新月异，我喜欢逛苏州园林，爱吃松鼠鳜鱼。我想在这里追寻梦想并获得成功，我很确定在这里可以看到自己的未来，也许我还能在这里娶到一名中国妻子。"

——马国伦

引子

2020年10月17日晚，苏州最大的商业综合体——苏州中心商场，一场劲爆的"慈善拳赛"火热开场，来自多个国家和地区的14名选手展开了激烈角逐，10余万元办赛收益全部捐赠给苏州工业园区慈善总会，定向用于园区慈善总会下的儿童大病救治项目。

这件事的"幕后推手"是一名33岁的克罗地亚拳击明星 Goran Martinovic（中文名叫马国伦）。5年前，他不远万里来到苏州，开启了他在中国的拳击与慈善事业。由他一手在苏州创立的"决战苏州"慈善白领拳击赛迄今已成功举办了8届，是江苏乃至全国极具影响力的白领拳击赛之一。

"'决战苏州'慈善白领拳击赛的举办是一种号召和引领。希望让更多人热爱运动,关注慈善。"马国伦说。

5年来,马国伦执着于慈善拳击,并将他的慈善理念和拳击运动精神融入到苏州这座城市。他的善举为他赢得了"慈善拳王""慈善民星"的头衔,成为中国和克罗地亚两国传递友谊的民间友好使者。

"拳王"酷哥来自地中海

身高2米、身材健硕的马国伦挥起拳来彪悍勇猛。脱下拳击套,讲起与苏州的情缘,这位铁汉却显得有些腼腆,他说从没想过有一天会在中国生活和工作。

1987年,马国伦出生于克罗地亚的一个体育世家,父亲是克罗地亚手球运动员。在父亲的引领下,马国伦3岁开始练习拳击,16岁进入克罗地亚国家拳击队,并数次获得克罗地亚国内拳击比赛冠军。2012年,马国伦从克罗地亚国家队退役。

2015年,欧洲经历经济危机,克罗地亚也受到了影响。当年9月,马国伦跟随当时在苏州工业园区做经贸的哥哥第一次来到中国,来到苏州。

"我到苏州,是因为我哥哥先到了苏州。他在这里看到了机会。"马国伦说。

第一次来到苏州工业园区，马国伦便被园区国际化的环境所吸引。"我非常惊讶，这里有很多高楼大厦，这里所有东西都令我难以想象。"马国伦说。

1994年2月，中国和新加坡正式签署了《关于合作开发建设苏州工业园区的协议》。苏州工业园区成为中国第一个和新加坡共同合作建设的工业园区。26年后，苏州郊外的这片泥洼地摇身成为连续四年在国家经济技术开发区考评中位列第一的现代化新城。这里汇聚了国内外高端科学技术资源，并且倡导"乐活"理念，十分注重文化、休闲娱乐产业的发展。

这让马国伦看到了商机，他决定在苏州工业园区开办一家拳击馆。然而对于只会说克罗地亚语的马国伦来说，如何快速克服语言障碍是他面临的首要问题。

世界500强企业中，有近三分之一已落户在苏州工业园区，另有大量中外合资企业，并且吸引了大批海归人才落户苏州。在园区的81万常住人口中，每天至少有6000名外国人打卡上班，因此虽然快速学习中文对于马国伦来说十分困难，但在园区范围内只要会说英语，就能畅通地交流。然而语言学习只是马国伦创业长征路的第一步，苏州人是否接受拳击运动，才是他能否开设拳馆的关键。

"我不知道别人能否接受，如果别人不接受怎么办？这里是否有拳击市场？"为了了解市场，马国伦决定和哥哥举办一场拳击比赛试试水。

训练中的马国伦

　　可老外要在中国办比赛哪有这么容易？拳击在中国的普及度不高，比赛所需的灯光器材、舞美服装、拍摄设备等，样样都要钱。在关键的时候，马国伦得到了苏州中茵皇冠假日酒店的鼎力支持，酒店给予他们场租和餐饮费用的分期付款优惠，极大地缓解了兄弟二人的资金压力。

　　当年秋天，马国伦和哥哥发起的拳击赛办起来了，没想到比赛的门票被苏州外企圈的拳击爱好者一抢而空。

　　第一次的比赛大获成功。可赛后，兄弟俩一算账，去掉成本后，几乎没有赚到钱。即便是这样，兄弟俩依然把比赛获得的款项捐给了一家由外籍人士自发组织成立的慈善机构，帮助了一个唇腭裂的中国女孩，而这些钱原本是马国伦预留的创业资金。

　　马国伦说，这位中国女孩的遭遇，让他不能熟视无睹，创业可以慢慢来、缓一缓，但孩子治疗的黄金期等不起。

　　于是，马国伦就这样捐出了自己全部的创业资金。"因为我向患病女孩承诺过，对自己也承诺过，我要尽己所能地救她。"马国伦说，言而有信，是他为人处世的原则。

　　或许是一种善心回报，首届白领拳击赛大获成功后，当时来看比赛的很多白领都找到马国伦，想要报名参加拳击训练。2015年的苏州，很少有机构提供专业拳击教学和训练，而马国伦所从事的奥林匹克拳击更是小众中的小众。

　　拳击是一项古老的西方运动，分为职业拳击和奥林匹克拳击，职业拳击不带护具，以盈利为目的。奥林匹克拳击起源于英国,也是奥运会的正式比赛项目。经过多年改良,奥林匹克拳击要求选手在比赛时必须要佩戴护具,并禁止使用足蹬、头撞、牙咬等低级动作,既降低了运动的风险,也保持了这项运动强身健体、舒缓压力的功能,同时也体现了热爱竞技、敢于冒险的体育精神。

原本打算只待3个月就回国的马国伦选择留下,之前比赛期间租用的场地由于经营不善,场地老板竟然携带着马国伦的场地租金潜逃了。但此时,马国伦兜里已没有多余的钱再重新租场地了。

面对这个突如其来的变故,面对已经开始训练的会员们,马国伦没有放弃。他买来20盏大照灯,每天都在公寓里给灯充好电,然后再带到已经断水断电的场地照明,有时他甚至还在野外组织训练,跟着他训练的白领们也被他不屈不挠的精神所感动,坚持在艰苦的条件下训练。

刚到苏州的马国伦连英语都不会说,类似"左钩拳、右钩拳"这样的拳击术语,他只会说"left、right"。与学员们待在一起训练久了,马国伦的英语水平也有了质的飞跃。

"我总说我向你们学习,我的英语是跟中国人学的,这是真的,大概6个月左右,我就能正常对话了。"马国伦说。

然而,2016年马国伦的哥哥因为工作的调动,决定离开苏州,到别的地方发展。"在异国他乡,我举目无亲,没有任何人能帮助我,没有人能为我指明方向。"马国伦深感无助,对未来感到迷茫。

马国伦回到了克罗地亚，在家乡沉淀自己，谋划将来。"创业的第一年往往是最难的，只要扛过去了，就能绝处逢生，我不能认输。" 3个月后，马国伦决定回到苏州，继续拳击事业。"苏州是一座非凡之城，也是一片创业热土，这里惜才爱才，孕育了我的创业梦。"

回到苏州后，马国伦迅速投身筹办第二届白领拳击赛，观战人群中还有马国伦的母亲。看到儿子的拳击事业在中国小有起色，母亲为他感到骄傲。这次，马国伦又用拳击赛的收入帮助了一位患白血病的小女孩。

随着白领拳击赛的声名鹊起，赛后，一家公司开价50万要买下白领拳击赛的版权，却被马国伦果断拒绝。"慈善带给我快乐，我希望拳击是纯粹的，不被金钱绑架。"马国伦说，拳击和慈善就是自己在中国的一切。

他希望一步一个脚印，来做大做强自己在中国的拳击事业，而不是做资本的"奴隶"。

在苏州他遇到了中国合伙人

2016年赛后，马国伦下定决心要在苏州工业园区开一家属于自己的拳击馆。2017年，马国伦在朋友的牵线搭桥下，遇到了他如今的合伙人葛旭岚。

    葛旭岚是常州人，在没有遇到马国伦之前，她在一家外企负责招商引资。听到马国伦的经历后，葛旭岚被马国伦做慈善的事迹打动，决定帮他创业。"我就当投资了一个冉冉升起的新星。"葛旭岚说，苏州有市场，在苏州以慈善为媒，推广奥林匹克拳击，一定会火。

    由于之前工作的关系，葛旭岚深谙与外国人的相处之道。但两人在工作中，仍然会出现很多分歧。马国伦凡事追求完美、固执己见，而葛旭岚做事则更务实。

    在葛旭岚的帮助下，2017年，马国伦终于在苏州工业园区湖西CBD开办了自己的第一家拳馆，拳馆名字叫"黑领带"。270平方米的拳馆，不仅是马国伦大展拳脚的崭新天地，也是他身体力行宣传推广奥林匹克体育精神，为公益慈善"站台"的场所。

    全民健康是体育事业的核心内容，是高水平全面建成小康社会的必然要求。苏州，正以"一盘棋"思维来推进全民健身发展，调动起社会各方力量参与，政府、社会组织、企业等共同打好"组合拳"，不断创新机制，激发出全民健身发展的无限可能。

    马国伦创办拳馆，以拳馆为载体，号召全民健身，也呼吁人们关注社会弱势群体，关注需要被救治的儿童。这个慈善拳击的想法，得到了苏州工业园区的大力支持。苏州工业园区给予了马国伦创业扶持，马国伦的拳馆申请到了园区的文体引导资金，第一年享受每平方米30元的租金减免。因为在体育方面的杰出成就，并且符合"'一带一路'教科文卫引智项目"的条件，2017年12

月，马国伦被苏州认定为A类外国高端人才。

"每一个人都应享有从事体育运动的可能性，而不受任何形式的歧视，并体现相互理解、友谊、团结和公平竞争的奥林匹克精神。"马国伦说，在奥林匹克精神的指引下，他对自己拳馆的定位：公益多过盈利。

从2017年圣诞节后，马国伦宣布自2018年1月1日起，每周六下午3点到5点，自己的奥林匹克拳馆对所有人免费开放，所有身体健康、想要戴上拳套站上擂台的市民都可以来馆里练习，他免费进行指导。

马国伦公益拳击的理念，很快在苏州获得认可。他的拳馆，不仅成为男性挥发荷尔蒙的地方，还吸引了一众时尚摩登的女性簇拥者。她们从以塑形为初衷，到比赛打擂台。

为了强身健体，苏州女孩傅昱从2019年1月开始跟着马国伦学拳击。在她眼中，马国伦是个非常有耐心的教练，说话慢声细语的，同时也很严格。"当我们感到坚持不下去的时候，他会逼着我们将剩下的动作练完。"傅昱说，很多人误以为拳击是一种粗暴的运动，而她通过马国伦辅导的训练才认识到拳击是一种精致的运动，是对一个人的体能、判断力、意志力的综合锻炼。傅昱也尽己所能积极参与马国伦的慈善工作："他经常挂在嘴边的话是'爱比拳击更有力量'，这个理念我特别赞赏。"

在百忙之余，马国伦自拳馆开业之初，就开设了面向全市青少年的公益拳击班。在他的教导下，这些孩子从拳击"零基础"

到能自信地站上擂台接受挑战。马国伦还用心地将公益班和普通班的孩子混合安排在一起训练，他不希望让这些贫困生感到被特殊对待，他希望拳击运动能够重塑他们的性格，让他们变得更加自信、勇敢。

他说："当我和这些孩子一样大时，我经历着战火，因此我更懂得友爱和互助的重要性，我希望用自己的力量帮助更多的孩子。"

在"一带一路"中寻梦中国

700多年前，出生于克罗地亚的马可·波罗沿"丝绸之路"来到中国，并因一部《马可·波罗游记》大力促进了中西方的文化交流。如今，因为中国"一带一路"倡议，越来越多来自"一带一路"沿线国家的人们踏上了中国寻梦之旅，马国伦就是其中一位。

马国伦出生于克罗地亚首都萨格勒布的一个富裕之家，有一个大自己三岁的哥哥，家里坐拥一条街的商铺，可是从20世纪90年代初开始的克罗地亚战争彻底改变了这个家庭，他们不仅商铺全没了，还背上了沉重的银行贷款。

小时候经历家道中落，他的童年记忆只有战火硝烟和流离失所。然而他还记得，即使在最困难的时候，他的父母还坚持收留难民，并把食物和衣服分给更困难的人，他们告诉马国伦："当你有能力时，一定要帮助别人。"父母的言传身教，在他幼小的心

马国伦获得2018年度"感动湖西"爱心人物荣誉称号

中埋下了慈善的种子。从上学起,他就在当地做义工,在力所能及的范围内帮助别人。

"保持善意的心"是马国伦经常挂在嘴边的一句话。在马国伦眼里,拳击和慈善就是自己在中国的一切。

从2015年到苏州,马国伦执意以公益为宗旨,举办慈善拳击赛,至今已组织了8届,在举世闻名的虎丘塔下,在苏州的新地标建筑"东方之门"前,都留下了喝彩声、鼓掌声和尖叫声。对于马国伦来说,虽然办赛的水准越来越高,关注的人群越来越多,但赛事的慈善目标却始终没有变过。马国伦已累计捐出历届慈善拳击赛收益近30万元,并于2019年在苏州工业园区慈善总会设立了"马国伦公益慈善基金",这也是苏州首个以克罗地亚人命名的个人冠名基金,该基金用于特殊教育及助学等方面。

马国伦在苏州也结交到不少志同道合的中国朋友,慈善工作者汤崇雁就是其中一位。"汤妈妈做了一些非常有意义的慈善项目,比如解决贫困山区饮用水问题等,她是如此执着地做每一件事,我要向她学习。"马国伦说。

汤崇雁把马国伦当弟弟看待,在她眼里,马国伦是一个天真无邪的孩子。"马国伦的生活并不宽裕,但他义无反顾地把拳赛收益全部捐出,他是我们的榜样。"汤崇雁说,她的儿子汤杰克跟马国伦学习拳击,参加过两届慈善拳赛。20岁的杰克在拳击训练中,学会了防身自卫,身体变得强壮且灵敏,而在慈善拳赛中,他为能够帮助他人而勇气倍增。

"英文中纽带和领带是一个单词，也许我命中注定要做一根纽带，一根连接中克友谊的纽带。"2020年1月9日，江苏省人民政府在南京举行的"江苏友谊奖"颁奖仪式上，站在领奖台上的马国伦发表了这样一番获奖感言。

这条纽带因"一带一路"而生。在马国伦看来，"民心相通"是"一带一路"倡议不断落地开花的重要民间基础，不同国家人民之间的深厚情谊定能推动双方的经济合作与文化交流。

克罗地亚，地处欧洲东南部，与意大利隔海相望。克罗地亚国土面积约56594平方千米，总人口只有420万。那里自然风光优美，是地中海沿岸热门的度假胜地。尤其是2018年，克罗地亚获得俄罗斯世界杯亚军，更让体育成为克罗地亚的一张名片。

2017年，克罗地亚与中国签署政府间"一带一路"合作谅解备忘录。2019年4月12日，第8次中国—中东欧国家领导人会晤在克罗地亚的杜布罗夫尼克举行。杜布罗夫尼克是克罗地亚东南部港口城市，最大的旅游中心和疗养胜地。这次会晤也为中克两国的合作带来了新机遇。

会议结束后，马国伦作为在中国苏州的唯一的克罗地亚人被克罗地亚总理秘书邀请参加内部会议。这次会议传出的多重利好消息，令马国伦非常兴奋，更坚定了他为推动克中两国经贸合作尽一份力的决心。

"苏州发展得非常快，苏州的发展经验如果能在克罗地亚复制，那我的家乡会发展得更好。"马国伦认为，我们不分国界，大家互通有无、互相帮助，才会越来越好。

身在中国的马国伦在各种场合为自己的祖国"站台吆喝"，为中国人到克罗地亚投资、旅游观光"牵线搭桥"。他不遗余力地寻找适合到克罗地亚发展的苏州企业，并向相关部门了解落地的产业政策。

总部位于苏州工业园区的飞依诺科技（苏州）有限公司，是专业从事医疗用彩色多普勒超声诊断仪研发和生产的厂商。企业有意向在克罗地亚建立生产基地，以打开东欧市场，在马国伦的引荐下，企业已与当地政府深入沟通接洽。

马国伦说，旅游业是克罗地亚的支柱产业，由此带动了服务业的发展。但相比于中国，克罗地亚的产业结构比较单一，可以提供给年轻人的就业机会并不多。因此，他希望可以将更多先进的产业、优质的项目，从中国引入克罗地亚，从而带动当地经济发展，促进就业。

马国伦热爱苏州，不只是嘴上说说。拳馆的教练服上，醒目地印着东方之门、城墙的图案以及"SUZHOU"的标识。"苏州给我的感觉是永远有发展空间，你努力就一定会有好结果。"马国伦说。

在苏州创业5年，马国伦亲眼见证了苏州迈向高水平全面小康的图景，感受着苏州人家的小康生活，与苏州这座城市共同成长。

如今，马国伦先后创办了苏州黑领带体育服务有限公司、苏州国伦搏击健身有限公司两家公司。他以技术入股，创立了属于自己的拳馆品牌。他在苏州体量最大的商业综合体苏州中心租下了700多平方米的场地，开办拳击馆，同时将公司的办公场所移师苏州中心。2019年，"黑领带"拳馆在苏州中心开业。"黑领带"的公益慈善理念也吸引着学员纷至沓来。目前，拳馆拥有学员700余名，90%是中国人，其中有100余名青少年。

马国伦的收入，也从5年前的年薪4万到如今的月薪4万。租住的公寓也从一室一厅换成了湖西CBD的三室两厅。"刚来苏州的时候，马国伦每天记着账吃饭，一天的伙食费不超过50元，现在他都能请我们去高级餐厅吃饭了。"葛旭岚打趣说。

马国伦最高兴的是，凭借一己之力，能够负担起养家糊口的重任，他出资翻新了家乡的房子，并一人背起了全部的贷款，他还打算给父亲买一辆车代步。"我在外拼搏最大的安慰，是可以让我的父母过得更好，不用再为生活而奔波发愁。"马国伦说。

在苏州的5年多时间里，马国伦身体力行地传递着慈善力量，他的善举赢得了许多人的心，在苏州他被誉为"慈善拳王""慈善民星"，曾获得"江苏友谊奖"等省、市多项荣誉。

马国伦在苏州所取得的成绩也引起克罗地亚驻华大使奈博伊沙·科哈罗维奇的关注。2018年12月29日，克罗地亚国家电视台的一个节目讲述了马国伦在苏州的故事，引起克罗地亚国内的广泛关注。在电视节目中，马国伦告诉他的同胞："我在苏州过得很开心，我热爱苏州的开放包容、日新月异，我喜欢逛苏州园

"洋苏州"眼中的中国小康

马国伦与唐手拳掌门切磋

林，爱吃松鼠鳜鱼。我想在这里追寻梦想并获得成功，我很确定在这里可以看到自己的未来，也许我还能在这里娶到一名中国妻子。"

把更多家乡拳击人才引入苏州创业

2020年初，面对新冠肺炎疫情，8000万江苏人民鏖战数月，实现本地确诊病例"零死亡"，4万多名常住江苏的外籍人士无一感染，经济社会秩序较快恢复，交出一份"硬核"答卷。在这份成绩单背后，也有不少外籍友人留下的"笔迹"。在2020年8月6日举行的"携手抗疫·江苏情"在江苏外国人短视频大赛颁奖仪式暨视频发布会现场，马国伦登台领奖。

在疫情发生的第一时间，马国伦不仅选择了留守苏州，与这座城市一同抗击疫情，还发动自己的所有力量，千辛万苦地为苏州搞定了2万只口罩。

"在这个艰难的时刻，别把我当外人。"虽然上不了前线，马国伦仍想方设法地为抗击疫情贡献自己的力量。他得知口罩等物资紧缺后，天天抱着手机，对着通讯录挨个联系在国外的亲朋好友，动用所有的社会关系，托他们从克罗地亚和塞尔维亚购买口罩，费尽周折托朋友的公司联系到一笔2万只口罩的订单。为了克服时差，随时与采购公司沟通，他连续好几天过着昼夜颠倒的日子。2月3日合同签定后，他才总算睡了一个安稳觉。

"洋苏州"眼中的中国小康

马国伦决定将自费购买的2万只口罩捐赠给苏州工业园区慈善总会,并在发现口罩积压在克罗地亚海关的情况后,于2月16日晚,义无反顾地搭乘飞机回克罗地亚,追踪2万只口罩的行踪。

从中国到克罗地亚,没有直航的班机。马国伦原计划从上海浦东中转莫斯科,再飞克罗地亚首都萨格勒布。不料上海飞莫斯科的航班晚点4小时,导致马国伦没有赶上第二航程的航班,在办理完改签手续后,马国伦在莫斯科机场的沙发上凑合了一个晚上。那一夜,他牵肠挂肚的只有那批口罩。

历经了一天一夜的奔波,2月18日,倒了四趟飞机的马国伦终于抵达萨格勒布。回到家乡,马国伦来不及补觉,立即联系了当地邮政公司,追踪2万只口罩的行踪,直到确认口罩已经通关完毕,打包搭上发往中国的货运航班,他这才松了一口气。

口罩是放行了,但马国伦遇到新问题。首先,在萨格勒布,马国伦被要求居家隔离14天,同时,随着新冠疫情在欧洲持续扩散,各地管控措施升级,很多国际航班暂停,马国伦面临返回中国受阻的困境。

能不能回到中国,完全靠运气。从2月底开始,马国伦早上睁眼的第一件事,就是在机票代理的各大平台上搜寻萨格勒布飞上海的机票,直到3月10日,他才以去程机票3倍的价格抢到了一张3月16日返回上海的机票。

马国伦自掏腰包购买2万只口罩的费用,相当于他两个月的工资收入。

　　3月17日，搞定了2万只口罩的马国伦乘坐航班从克罗地亚抵达上海。"不管旅途多么坎坷，我回克罗地亚总算是搞定了2万只口罩，口罩已经在运往中国的途中了。"

　　疫情期间，马国伦不仅捐赠防疫物资，还录制了一组3分钟居家拳击训练短视频，鼓励人们居家锻炼、增强抵抗力，吸引了数十万粉丝。

　　马国伦表示，虽然国际上部分地区疫情形势依旧严峻，但在中国国内，人们的生活已经逐渐步入正轨，外国友人们的生活也恢复正常。经历了同舟共济，他对苏州的情感更加浓烈，要与苏州长久"在一起"。

　　在疫情期间，马国伦为苏州奔走筹集口罩的事情也感动了拳馆的学员们。一位学员得知马国伦忧心家乡疫情后，当即转账2000元给马国伦。马国伦婉言谢绝后，这位学员又拎着数百个口罩到拳馆，希望捐给克罗地亚。这一幕，深深震撼了马国伦，这个沉默寡言的大男孩，竟仰面而泣。

　　3月17日与马国伦一同来苏州的，还有一名克罗地亚拳击教练，他是马国伦再度为拳馆引进的"新鲜血液"，将与马国伦并肩作战。

　　"我从家乡引进青年教练，他们都是体育方面的强将。我一个人在苏州难以施展拳脚，需要更多人来帮我，引进他们也是为了提升拳馆乃至苏州本地的体育水平。"马国伦说。

　　虽然来苏不久，但拳馆的两位克罗地亚教练都有了中文名。

出生于1996年的布一班曾经是一名职业拳击手。布一班说，苏州城市环境很棒，人们很友好，就业、创业机会也多。"我觉得来苏州做拳击教练是一个很好的机会，我希望与拳馆一起成长。"他说。

比布一班先一步到苏州发展的马大白，今年37岁，是马国伦在克罗地亚国家队时的队友，曾在美国拳坛发展了5年多。2019年8月，他收到马国伦的邀请，毫不犹豫地买了机票飞往中国。"中国是世界瞩目的希望之国，我从2008年北京奥运会起就关注中国了。中国潜力巨大、市场广阔，没有比这里更适合创业的地方了。"

马大白说，他一直期待到中国发展，这次终于梦想成真了。如今，师从马大白学拳的有200多人，旺季时，他一天有八九节私教课，忙得脚不沾地。与学员相处时间长了，马大白的中文水平也突飞猛进，"谢谢""你好"，简单的中文沟通，难不倒马大白。

马国伦计划将更多优秀的克罗地亚体育人才引入苏州。他说："苏州尊重人才，也重视体育运动。对引进到苏州的人才来说，无论是职业规划还是发展空间，都更为长远广阔。而他们的收入也会与付出成正比。"

2020年5月初，马国伦的拳击馆恢复营业，不少粉丝慕名来学拳，700多平方米的拳击馆顿显拥挤了。"一场疫情让人们意识到健康的重要性，越来越多的人开始重视运动，增强抵抗力。"这个34岁的"拳王"笑容中带有一丝自豪。

目前，马国伦的慈善拳击赛已经举办了8届，他打算结合"姑苏八点半"夜经济品牌，拉近拳击与普通大众的距离。他说："未来我还要在苏州再开一家分店，从此就在苏州扎根了。"

马国伦期盼着再过几年，也能在苏州拥有一套属于自己的房子，把父母接到苏州来养老，立业之余，还能成个家。

在中国改革开放的洪流中，马国伦因"一带一路"与中国结缘，与苏州邂逅。在苏州奋斗的5年，马国伦不仅亲眼见证了苏州乃至中国的日新月异，也亲身感受了小康式的幸福生活，并且还带动更多家乡的年轻人来到苏州，努力奔小康。"刚来苏州时，当有家乡的朋友问起我住在中国哪里时，我会回答离上海不远。现在，我再向朋友介绍时，会毫不犹豫地说这里是苏州，这里有我憧憬的未来！"

为苏州"小康"注入爱的温度

约翰·詹姆斯·约翰逊

John James Johnson

男，英国籍，英国油气仪表工程师。多年来投身于社会慈善活动，是苏州工业园区汤妈妈公益慈善中心创始人之一，致力于"小黄桶"慈善项目，为了玉树牧区人民能够喝上干净的水而四处奔波。坚持走心的慈善之路，爱心无限。

He is a British oil and gas instrumentation engineer. He has devoted himself to charity activities for many years. He is one of the founders of the Tang Mama Charity Center in SIP and is dedicated to the "Little Yellow Bucket" charity project to help people in Yushu pastoral area have access to clean drinking water. For years, he has been devoted to charity whole-heartedly.

【题记·话说小康】

"苏州的发展真快,快要比香港、伦敦还摩登了。""越来越多的苏州人也正在把公益慈善当成自己的生活方式,这里将成为我和安妮的终老之地。"

——约翰·詹姆斯·约翰逊

"过去的十年中,我们和苏州一起走过了公益慈善的'小康之路'。"

——汤崇雁(安妮)

引子

2020年1月30日,庚子年正月初六。

新冠肺炎疫情阴影笼罩下的苏州,冷冷清清。

下午3点10分,苏州工业园区汤妈妈公益慈善中心负责人汤崇雁开始吃"早饭":一盘冰凉的香菇炒青菜,和一碗冰凉的白米饭。

这是当天她吃的第一顿饭,也是她这一天中唯一的一顿饭。

这种状态是从除夕之夜开始的。除夕到正月初六的7天中,她瘦了4斤。

这7天中，汤崇雁在伦敦、伯明翰、武汉和苏州这四个城市间，发起了一场跨越亚欧大陆的"战役"。"战役"的焦点是口罩，"大本营"是她家的客厅——哪里需要口罩，哪里能买到口罩，钱从哪儿来，怎么运输——每天都有上千条"战况"信息在此集散。每天，她要忙碌20多个小时，只能在格林威治时间和北京时间的"夹缝"里睡一会儿。

这是汤崇雁慈善公益生涯中的一个小小片段。

过去的十年中，她和她的英国籍丈夫约翰与苏州结下了深厚的"善缘"，见证了苏州公益慈善事业的"小康之路"。

"洋女婿"和他中国妻子的"战疫"壮举

2020年1月24日，除夕。

晚上6点多，汤崇雁和家人刚刚吃过年夜饭，就被一个朋友拉进一个微信群。

这是湖北各地医院相关工作人员组成的抗击疫情物资筹措群。汤崇雁进群之后惊呆了，群里几乎每家医院都在"告急"，其中缺口最大的就是口罩。

汤崇雁意识到，自己必须立即行动了。

当晚，她首先联系到了浙江义乌的一个口罩批发商。口罩批发商说，还有10万个普通N95口罩，每只售价9元。

根据湖北各医院的需求，汤崇雁立即整理出一份定向捐赠清单,并且和湖北省慈善总会取得联系。

大年初一下午,汤崇雁再次和卖家联系,对方告诉她,口罩只剩下5万个了,要买的话得先付钱。

于是,她立即开始到处借钱。到了当天晚上,好不容易借到了够买4万个口罩的钱,她向对方下了订单,并付了款。然而,等到大年初二凌晨,卖家还没有发货。

"整整36万呐,会不会就这样打水漂?"汤崇雁急哭了,她并不是一个把钱看得很重的人,但这一次,她觉得这36万元比自己的身家性命还重要。

后来,汤崇雁得知,卖家已经拿不出口罩了,对方也很诚信,把钱都退回来了。

首战失败,给了汤崇雁沉重一击。但她没有时间去沮丧,随即把注意力转向英国。

汤崇雁的丈夫是英国人,名叫约翰·詹姆斯·约翰逊,他们的女儿汤燕妮以及一些朋友的子女在英国读书,她希望通过英国方面的关系,为武汉抗疫一线的医护人员找到口罩。

在曹晓天、郭子舟、李为峰、林星辉以及汤燕妮等在英国读书的小伙伴们的支持下,"英国华人爱心救援队"火速成立,成员包括200多位华人华侨同胞,英国天天欧洲物流公司和国内相关航空公司驻英办事处也积极响应。

"救援队"在英国各大城市到处找口罩,终于,他们在曼彻斯特找到了一个医疗器械仓库,这里FFP3口罩(防护级别相当

为苏州"小康"注入爱的温度

约翰、汤崇雁一家

于医用N95口罩）、医用外科口罩储备充足。

但是，钱又成了问题。在英国采购口罩，必须支付英镑。汤崇雁虽然借到了几十万人民币，却没有英镑。曹晓天等小伙伴们和苏州外国专家协会俱乐部负责人Karen先垫付了2.7万英镑，但仍有很大的缺口。

于是，汤崇雁不得不向丈夫约翰开口。

一听说要借钱，这位向来温文尔雅的英国绅士的一肚子怨气爆发了。

"Are you crazy?（你疯了吗？）""这个春节我们家是怎么过的？""从除夕晚上到现在，你跟家人说过一句话吗？！"

汤崇雁傻眼了，约翰从来没有用这种口气跟她说话，但她没法反驳，因为约翰说的都是事实。

发完牢骚，约翰摇了摇头，嘟囔道"就知道会这样，又不是第一天认识你"。他借给了汤妈妈公益慈善中心4万英镑——这笔钱，来自女儿汤燕妮和儿子汤杰克的教育经费账户。

4万英镑立即汇到指定的英国账户，为湖北疫区各相关医院订购了30万个医用外科口罩和1万个FFP3口罩。

几天之后，汤崇雁又厚着脸皮向约翰借了3万英镑，为苏州抗疫一线订购了30万个医用外科口罩。

这一次，约翰已经懒得发火了。

2月19日，31万只口罩到达武汉。

3月4日，30万只口罩到达苏州。

......

9月29日，抗击新冠肺炎疫情全国三八红旗手（集体）表彰云发布活动在北京举行。800人被授予"全国抗疫三八红旗手"称号，汤崇雁名列其中。

这是2000年她专注公益慈善事业以来，第二次获得国家级荣誉——上一次是在2017年9月，她获评"中国好人"。

现在，汤崇雁已成为苏州工业园区乃至全苏州公益慈善领域的典型人物。

人们常说，每一个成功男人的背后都有一个默默支持他的女人。这句话也适用于汤崇雁，但要把"男人"和"女人"的次序调换一下。

20年来，约翰一直是汤崇雁的头号粉丝，"妇唱夫随"地跟着她一起投身慈善公益事业。

朋友们戏称汤崇雁为"汤三多"——为了公益慈善，她事情多、操心多、花钱多；而约翰绰号"汤包"——为了支持妻子的事业，他"包苦力、包交流、包娱乐"。

此次抗疫行动，让约翰在"汤包"之外，又多了一个绰号——"ATM机"。

因为公益慈善，"洋女婿"和苏州结缘

1994年，约翰和汤崇雁在阿联酋首都阿布扎比相遇。

那时，汤崇雁在阿布扎比的BHS（英国家居商场）工作，她的英文名叫安妮。约翰是一名英国油气仪表工程师，被派驻阿联酋工作。当年圣诞节前，他陪同事来这家商场买衣服，遇到了临时抽调到男装区的汤崇雁。

为了打发时间，约翰开始跟汤崇雁聊天。聊着聊着，他觉得这位东方女孩很特别。

汤崇雁确实很特别——她独自一人从中国上海来到阿联酋，努力工作，一切靠自己。她身边的很多女性朋友，把"嫁个富豪，开跑车、住别墅"当作人生目标。然而，汤崇雁觉得，这样的人生不是她想要的。

渐渐地，约翰和汤崇雁越走越近，后来，他们在香港登记结婚。结婚后没多久，汤崇雁就有了女儿，后来又有了儿子，女儿叫汤燕妮，儿子叫汤杰克。于是她辞去了工作，一门心思在家相夫教子。

后来，汤崇雁带着两个孩子跟着约翰去了英国。一个偶然的机会，她进入了国内的一个网络聊天室，来自全国的热心网友以及边远贫困地区的老师们在这里发布贫困学生的信息，希望得到好心人的帮助。

孩子们渴望读书的眼神深深地刺痛了她的心。于是，她在雅虎网上发起了"野火行动"，希望以此为平台，凝聚旅英华侨华人、留学生等方面的力量，共同参与国内助学的慈善公益行动。该项目共资助了陕西户县的60名贫困学生，其中约翰和汤崇雁结对资助了5名高中生。

2007年,汤崇雁全家去户县走访他们结对资助的贫困生。其中的一名贫困生名叫思怡,家住在秦岭脚下。

虽然已经过去了13年,但汤崇雁至今仍记得当时约翰的表情:"他一直惊讶地张开嘴巴,因为他无法想象,世上还有如此贫困的地方。在这次去户县之前,约翰只了解中国的两个城市——香港和上海。"

思怡的家是三间土坯房,土墙上开个洞,蒙上一层塑料纸,就算作窗户。屋里没有一样家用电器,甚至连张像样的凳子都没有,各种破旧的物品凌乱不堪……

思怡的母亲有精神障碍,父亲因为意外受伤,治疗时身上打了三根钢钉,伤势痊愈后却没钱去医院把钢钉取出来,于是只能躺在家里,全家的日常生活全靠奶奶捡破烂来维持。

这一次中国行,让约翰对妻子做公益慈善的强烈愿望感同身受。从此,约翰成为汤崇雁的"铁杆粉丝",这对夫妻开启了他们的"脱贫攻坚战",他们的公益慈善脚步,从一座大山走到另一座大山。

2009年,约翰和汤崇雁带着两个孩子来到苏州,定居在苏州工业园区。之所以选择苏州,是因为一来苏州靠近汤崇雁的老家上海,二来汤崇雁觉得苏州既有深厚的中国传统文化底蕴,又有向全世界开放的开阔胸襟,无论是她自己,还是约翰和两个孩子,都能融入这样一座"双面绣"式的城市。

或许是冥冥中注定，以公益慈善为己任的约翰和汤崇雁，选择了一座"德善之城"作为自己家。至今，苏州古城里还深深地刻着千百年来的公益慈善基因——

位于人民路范庄前的范氏义庄，由"先天下之忧而忧"的北宋名相范仲淹创立，他捐助田地1000多亩，以地租收入赡养抚养同宗族的贫穷成员。这是中国史料记载的第一个非宗教性民间慈善组织。

清康熙四十九年（1710），苏州创立普济堂，"以收养病民，供给衣食药饵"，开办所需经费皆由募捐而来，捐助普济堂的苏州民众不仅数量众多，而且来自各个阶层，以至于日本学者夫马进将捐助普济堂的举动称为当时苏州的一种"时髦"。

平江历史街区的古井"万斛泉"，系苏州"状元宰相"潘世恩之子潘曾沂于清咸丰二年（1852）开凿的义井，这一年中，他共"浚凿义井四五十处"。潘曾沂一生主持或参与的善举为数众多，因而有"天下第一大善人""吴门第一善人"的美誉。面对赞誉，他表示："此吾辈分内事，如日用饮食之不可废，何足道哉？"

约翰和汤崇雁来到苏州之初，在苏州工业园区看中了一套房子，和房主高女士签订了买卖合同，并且预付了10万元定金。但不久之后，高女士提出解除买卖合同，而根据约定，她要在退还10万元定金的基础上再赔偿10万元违约金。

在和高女士沟通时，汤崇雁表示可以放弃这笔10万元的违约金。高女士愣住了。

"我有个条件,"汤崇雁说,"如果我放弃这笔违约金,你愿意和我一起资助贫困生吗?"

高女士又是一愣,但回过神来后被她感动了。后来,高女士成为汤崇雁在苏州的第一个"战友"。

一家人落户苏州后,汤燕妮和汤杰克在苏州工业园区星港学校读书,汤崇雁在苏州市慈善总会设立了全家四个人冠名的爱心基金。父母所做的一切,早已在两个孩子内心深处埋下了爱的种子。2011年4月的一天,杰克回家后告诉父母,学校里有一位9岁的男同学患上白血病。"爸爸妈妈,我们能不能帮帮这位同学?"

帮助这位患白血病的同学,关键是要在短时间内帮他筹措巨额的医疗费用。恰好,当时苏州工业园区正在筹备环金鸡湖半程马拉松比赛,于是,约翰想到了"跑步募捐"。

时至今日,可能还有不少人对"跑步募捐"这个名词有些陌生。但在英国,这是一种由来已久的公益方式。在英国幼儿动画片《小猪佩奇》中就出现了跑步募捐——小猪佩奇所在的幼儿园的屋顶坏了,而幼儿园没有资金去修理,于是,猪爸爸就发起了跑步募捐,他跑了5英里,其他小动物的家长们捐钱支持,共同修理幼儿园的屋顶。

约翰夫妇与星港学校联手,组织了一支由该校师生、家长组成的"爱心跑团",集体报名参加此次环金鸡湖半程马拉松。

活动当天,在"猪爸爸"和"猪妈妈"的带领下,一支370人的浩浩荡荡的队伍高喊着"为爱奔跑,为生命加油"的口号,奔跑在金鸡湖畔。这支队伍成为此次半程马拉松的一大亮点,为这位同学筹集到善款13万余元。

汤崇雁个性开朗、外向,激情四射,而约翰冷静、沉稳、务实,这也许和他工程师职业有关。在退休前,他没有时间和精力参与妻子所有的公益慈善项目,但他一旦参与,就会拿出"工科男"的做派,力求做到最好。

有一次,他和汤崇雁走访木渎的一所民工子弟学校,他发现孩子们非常喜欢踢足球,而该校没有会教足球的体育老师。约翰是土生土长的英格兰人,从小踢球长大,他很想担任这所民工子弟学校的业余足球老师,但他没有当场把这个愿望说出来。为了实现这个愿望,他专门三次飞回英国参加培训,直到获得了国际足联颁发的教练资格证后,他才回到这所学校,正儿八经地教孩子们踢球。

另一次,在浒墅关的一所民工子弟学校,约翰发现该校英语老师的发音不太标准,汤崇雁动员他教孩子们正宗的"伦敦腔",他摇摇头,说"我不是一名教师"。事后,他专门去北京考取了外籍教师资格证,然后再来到学校教孩子们英语。

就这样,约翰和汤崇雁"妇唱夫随",在苏州把他们的公益慈善事业逐步做大、做深。

2012年,他们联合园区建设银行为甘肃和四川甘孜的贫困山区筹集28箱衣物;通过名城苏州网、携手少儿基金会,救助苏州的贫困儿童朱莹。2013年,联手苏州德威国际学校,救助盘溪社区的7位贫困学子们……

2013年，汤崇雁的慈善公益伙伴队伍爆发式地增长了，原因是她自创了"微信慈善"模式：在微信朋友圈里，她像新闻播报一样，把每天的想法、自己的喜怒哀乐、慈善活动的进展、受资助对象的情况等，以大量图文形式进行公开，最高峰时，她一天就发布了20多条信息。

公开、透明、及时的"微信公益"，如同磁场般凝聚了苏州各界的爱心人士——

2013年11月，汤崇雁通过微信销售"爱心苹果"，为浙江大学的一位"再生障碍性贫血"的大学生筹集善款3000元；2014年，为山东章丘下属村落的200多户孤寡残障的老人们筹集了御寒衣物；为来自河南有着严重听力障碍的5岁小男孩张聪筹集安装人工耳蜗的善款4万余元；为救助2岁的白血病患儿朱思佳小朋友筹集善款30万元。

2015年11月，她在朋友圈发布了青海民和回族土族自治县大库土村干旱少雨、缺衣少煤的信息，不到3个小时便募集了9万余元的爱心物品，其中，波司登公司以特别优惠的爱心价提供了113件羽绒服……

2015年，在苏州工业园区社会事业局的支持下，"苏州工业园区汤妈妈公益慈善中心"正式注册成立，重点关注儿童救助、儿童教育、儿童成长等方面的慈善工作。

2017年，汤妈妈公益慈善中心慈善商店开张，人们可以将闲

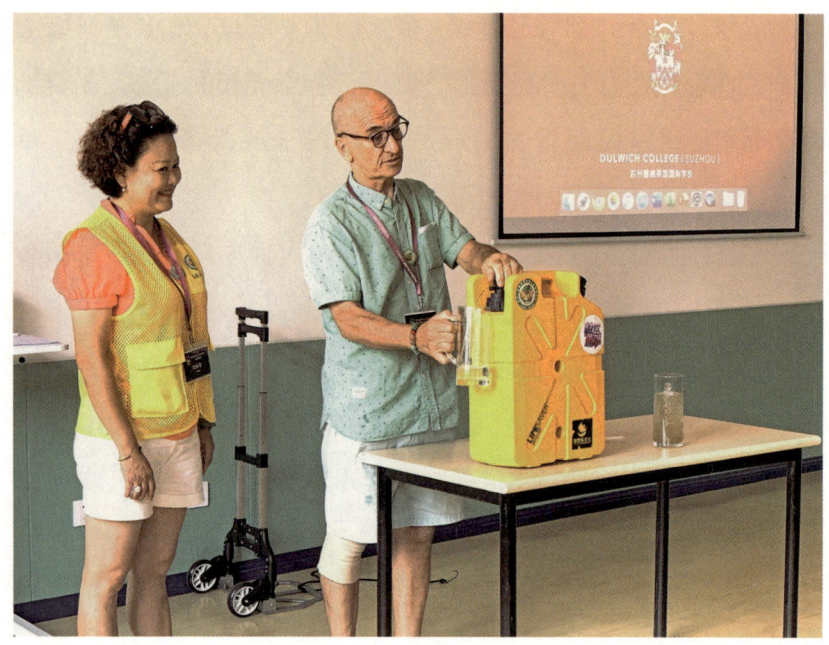

约翰和汤崇雁在宣传"小黄桶",为了证明过滤效果,他们每次都要在桶里放进脏物,然后亲自喝过滤出来的水

置的衣服、物品等拿来捐赠，通过商店义卖，所得的款项都用于慈善项目。

截至目前，汤妈妈公益慈善中心已拥有超过1700名注册志愿者，参与各种项目的临时志愿者难以计数。

现在，约翰已经退休了，全身心参与支持妻子的公益慈善事业。

"在英国，参与公益慈善是人们的一种生活方式。"约翰说，他很庆幸自己随妻子来苏州生活，"越来越多的苏州人也正在把公益慈善当成自己的生活方式，这里将成为我和安妮的终老之地。"

一个"小黄桶"，点燃了全苏州的爱心

常有人用"痴狂"来形容汤崇雁和约翰对慈善公益事业的热情。

2015年3月，汤崇雁得知，青海玉树牧区一个名叫卓玛拉毛的藏族孩子生下来就是唇腭裂，但因贫穷无法做手术。于是，她立即前往玉树实地走访，发现唇腭裂严重影响拉毛进食，导致7个月的她仅有初生婴儿般大小。

随后，汤崇雁联系了北京嫣然天使儿童基金会，为拉毛申请到了免费手术。可到了北京，拉毛被检查出有支气管炎，需要回去休养好后才能做手术。考虑到来回路费、气候适应以及孩子的快

速康复问题，她决定把拉毛先带回她在苏州的家里。

拉毛在她家里住了一个月。在这一个月中，每天早上，约翰坚持为大家做一顿英式早餐，为了让拉毛尽快适应新环境，他带着两个孩子轮流弹琴唱歌，每天把拉毛逗得哈哈笑。

后来，拉毛竟然学会了说两个英语单词——Uncle John（约翰叔叔）。

对拉毛的救助，其实还不够"痴狂"——由救助拉毛而引出的下一步的行动，更"痴狂"。

汤崇雁第一次走访拉毛家时，不小心把拉毛妈妈给她倒的水打翻了，水泼到了她腿上，这时，一件"怪事"发生了：她亲眼看见拉毛妈妈从炉子上拎起装着"咕噜咕噜"沸腾着的水的水壶，给她倒了这杯水，然而，当水泼到腿上时，她却没有感到被烫伤的刺痛。

原来，当地海拔高度超过4000米，水的沸点并不是低海拔地区的100℃，看起来"咕噜咕噜"沸腾着的水，实际温度只有60℃左右。

随即，汤崇雁又发现了当地的一个异常情况——不少孩子面黄肌瘦，腹部膨大。她进一步了解得知，这些孩子患了"肝包虫病"，这是一种多发于牧区的人畜共患的寄生虫病，而由于海拔高，将水煮沸的方法并不能杀灭水中的寄生虫卵。

孩子们的病痛，就像痛在汤崇雁自己身上一样。她下定决心，一定要让牧区孩子们喝上干净、安全的水。

从青海回来后，汤崇雁就把自己的所见所闻以及自己的想法告诉了约翰。

约翰立即开始行动。他找到了一种英国人发明的"LifeSaver Jerrycan"水质净化器。这种净化器设计成水桶形状，通过手动打气加压过滤的方式将脏水过滤成适合饮用的干净水，其最小过滤直径为15纳米，可以过滤掉所有的病菌、病毒，按照家庭正常的饮水量，其使用寿命至少有四五年，折算下来，只要30元就可以让一个孩子喝上一年的干净水。

这个发现让汤崇雁欣喜万分。2015年夏天，利用送女儿汤燕妮去英国读书的机会，约翰和汤崇雁拜访了净化器生产企业。企业负责人听汤崇雁讲了发生在中国青海玉树牧区的真实案例，深受感动，表示愿意以公益的价格提供净水器。

从英国返回时，他们带回了一个净水器，由于它是黄色的，所以汤崇雁给它取了一个中文名——"小黄桶"。从此，"小黄桶"成了汤妈妈公益慈善中心最主要的项目。

夫妻俩开始疯狂地为"小黄桶"项目筹款。

2016年7月，第一场"思源慈善音乐会"在中锐平江华府举行，"思源"是"小黄桶"慈善项目的名称，来自人们熟知的成语"饮水思源"。100多位苏州的志愿者参加了这场音乐会，爱好音乐的约翰带头弹起吉他，20多个团队轮番上阵，不间断地演出了8个小时，总共募集到了216420元。

这年夏天，汤崇雁一家利用一切机会为"小黄桶"筹款。她和约翰在街头摆地摊，杰克则拉来自己的同学在边上表演助兴。开学后，汤崇雁和约翰带着"小黄桶"，去苏州工业园区的各个学校开展宣传。

2016年9月，汤妈妈公益慈善中心应邀参加在深圳举办的第五届中国公益慈善项目交流展示会，汤崇雁把"小黄桶"带到了展会现场，希望能募集到更多的善款。在展会现场，"小黄桶"引起了人们的极大兴趣，他们在汤崇雁的摊位前排起长队，央视记者也慕名而来，问汤崇雁有没有兴趣带着"小黄桶"参与央视的节目。

"有钱吗？有钱我就参与。"此时的汤崇雁，为了"小黄桶"项目已经到了"想钱想疯了"的程度。

央视记者笑了："要是能拿到30万，你参加吗？"30万？汤崇雁差点兴奋得晕过去，她忙不迭地满口答应。

原来，央视社会与法频道的大型社区公益节目《社区英雄》第五季将在当年的10月份开机，汤崇雁的"小黄桶"项目十分契合该节目的定位，如果在《社区英雄》的众多项目中胜出，就能获得30万元的公益金支持。

《社区英雄》栏目组的外拍分为三个部分：一段故事、一段纪实、一段表演。央视的拍摄团队跟随汤崇雁和约翰走进玉树，实地拍摄当地牧民的饮用水状况，以及患有肝包虫病孩子的家庭。

"一段表演"要求项目负责人在自己所在的社区组织一场千

为了募集善款，约翰进行现场"卖艺"

人集体舞,而在玉树的拍摄工作完成后,留给组织千人舞的时间仅有三天了。

返回苏州后,汤崇雁和约翰买了电喇叭,在金鸡湖周边的各个广场舞大妈活动场所、各个学校进行宣传,短短三天内,他们就组织到了968人的表演队伍。在苏州工业园区宣传部、湖东社工委、苏州工业园区工业技术学校、苏州工业园区领科海外教育学校、苏州工业园区星港学校、苏州工业园区金鸡湖学校等方面的支持下,如期地成功拍摄了千人集体舞MV。

2017年3月,汤崇雁和约翰走进央视的演播大厅。

现场的大屏幕上,播放着摄制组在玉树拍摄的视频。画面中,一位藏族母亲泣不成声地说,孩子被查出了肝包虫病,她想给孩子看病但没有钱,因为家里另外一个孩子也病了,"怕孩子以后就没救了"……汤崇雁也流着泪,紧紧地抱住这位母亲说:"我们都是妈妈,不要哭了,放心好了,我一定会帮你的。"

这段视频,让现场很多观众潸然泪下。

为了展示"小黄桶"的效果,汤崇雁和约翰做出了一个"极度疯狂"的举动:他们将泥土和狗粪倒进桶里,加上水并且充分搅拌,然后拧开水龙头,接了一杯净化后的水,当众喝了下去。

在这场比拼中,"小黄桶"项目最终胜出,获得了上海仁德基金会赞助的30万元奖金。

腾讯网以"节目现场,嘉宾竟当场喝下一杯狗屎水"为题报道了这件事。写报道的记者也许并不知道,这不是汤崇雁和约翰第一次喝"狗屎水",也不是最后一次。为了给牧区的孩子们一杯干净、安全的饮用水,他们无数次在众目睽睽之下举起"狗屎水",一饮而尽。

从2015年"小黄桶"项目启动,到2020年10月,汤妈妈公益慈善中心在成千上万热心人的支持下,募集了234.6万元善款,向青海玉树州、西藏那曲、西藏拉萨、甘肃会宁、甘肃甘南、四川石渠、四川美姑、陕西吴堡等地捐赠了1148个"小黄桶",让3.4万个孩子喝上了干净、安全的饮用水。

公益慈善事业高度,决定了"小康"温度

退休前,约翰每年要在海外的石油企业工作半年。

几乎每次从海外回到苏州家里,他都会发现苏州有新的变化——地铁越建越多,摩天大楼越来越高,夜幕下的金鸡湖越来越迷人……

"苏州的发展真快,快要比香港、伦敦还摩登了。"约翰经常对汤崇雁说。

苏州的变化,也许能够帮助约翰理解一个中国特有的词——"小康"。

改革开放以来,苏州的经济建设成果日新月异,特别是近十多年来,一直稳居全国城市GDP排行榜(包括直辖市、省会城市和经济特区)前列,被全国网友们戏称为"不像地级市的

地级市"。

　　事实上,单就GDP而言,苏州早已实现小康,其中,2019年昆山市人均GDP为24.28万元人民币,约合3.52万美元,已接近欧洲某些发达国家人均水平。

　　全面建设小康社会,经济只是其中一部分。

　　在中国,还有一份"爱心GDP"的榜单,这就是"中国城市公益慈善指数"。在这份榜单上,苏州同样是个"不像地级市的地级市":

　　2011年,首届"中国城市公益慈善指数"发布,昆山市综合排名全国第17位,跻身"六星级"城市(注:首届"中国城市公益慈善指数"覆盖全国53个城市和新疆生产建设兵团,苏州市除昆山外均不在其中);

　　2012年,第二届"中国城市公益慈善指数"发布,苏州市综合排名全国第六;苏州、昆山、张家港跻身"七星级"城市,吴江、太仓、常熟跻身"六星级"城市;

　　2014年,第三届"中国城市公益慈善指数"发布,苏州市综合排名全国第七,其中,"志愿服务"指数苏州第一,"慈善组织"指数昆山第二;苏州、昆山、张家港、常熟跻身"七星级"城市,太仓跻身"六星级"城市(注:吴江于2012年9月撤市设区);

　　2016年,第四届"中国城市公益慈善指数"发布,苏州市综合排名全国第七;县级市综合排名中,昆山、太仓、张家港、常熟均为全国前十强;

2018年,第五届"中国城市公益慈善指数"发布,苏州市综合排名紧随北上广深全国第五,江苏第一;县级市综合排名中,昆山、太仓、张家港、常熟均为全国前十强。

公益慈善事业的高度,给苏州的"小康"注入了温度。

让我们来简要回顾一下近十余年来苏州公益慈善事业的"小康之路"。

2009年9月,苏州市志愿者总会成立;2010年2月,苏州市文明委出台《关于在全市深入开展志愿服务活动的意见》。从此,苏州志愿者行动如火如荼,注册志愿者人数每年均以数万乃至数十万的量级递增,截至2019年年底,共有实名注册志愿者240万人,累计完成团队注册16318支,发布活动1009732场,提供志愿服务时间近2814万小时。

苏州人民群众生活整体上达到了全面小康水平。但是,由于发展不平衡,仍然存在低收入阶层,存在相对困难的特殊群体。据统计,到2019年底,苏州有低保和低保边缘困难户3.1万人,持证残疾人13.6万,"失独家庭"5600多户,困境儿童4200多名,精神障碍人员约5万人,数万个患上癌症等重病的困难群众,等等。

苏州的慈善事业,正在积极弥补这方面的短板。

"慈善,不仅仅是募捐,更重要的是找准找好项目;慈善,不仅仅是解决温饱,满足困难群众对物质生活的需求,更要满足他们对美好生活的向往,为全面建成小康社会做出贡献。"苏州市慈善总会负责人说。

2017年至2020年上半年，全市各级慈善总会就募集款物23.3亿元，救助支出18.27亿元，其中，最大的慈善项目是为低保困难的癌症患者提供免费的抗癌药品和服务，每年发放药品价值四五亿元，在全省乃至全国名列前茅。

苏州慈善事业不仅量大，而且质优。在"问题导向和目标导向相结合、项目导向和资金导向相结合、效果导向和价值导向相结合"原则的指引下，先后实施了"特困重度残疾人家庭亮居工程""环卫工人免费体检""校园废纸置换厕纸""骨髓捐献者关爱计划""看见吴中·低收入困难群众角膜移植"等一批精准慈善项目，让社会的爱心准确传递。

德善之城，实至名归。

汤崇雁自豪地说，苏州的"爱心GDP"，有她和约翰以及所有参与、支持汤妈妈公益慈善中心项目的热心人的贡献，"过去的十年中，我们和苏州一起走过了公益慈善的'小康之路'"。

如今，约翰和汤崇雁，仍快乐地和伙伴们一起为了"小黄桶"等公益慈善项目忙碌着，就像一百多年前的潘曾沂那样，做公益慈善"如日用饮食之不可废"。

2500多年前，孔子的弟子、苏州人言偃说："大道之行也，天下为公，选贤与能，讲信修睦。故人不独亲其亲，不独子其子，使老有所终，壮有所用，幼有所长，矜、寡、孤、独、废、疾者皆有所养，男有分，女有归。货，恶其弃于地也，不必藏于己；力，恶其不出于身也，不必为己。是故谋闭而不兴，盗窃乱贼而不作，故外户而不闭，是谓大同。"

这段论述，蕴含了中国最早的公益慈善理念。

一家五口都姓"苏"

苏平

Nathanael Dwight Pelton

男，美国籍，苏州外国语学校国际初中部外教主管。多年来致力于社会慈善活动，为民工子弟学校开展英语教学，设立奖学金，受益学生众多。于2016年荣获"江苏友谊奖"，2017年被评为"苏州市荣誉市民"。

He is an American director in charge of foreign teacher affairs in Suzhou Foreign Language School. He has been committed to charity activities for many years. He works on English teaching for migrant workers' children schools and has established scholarships, which benefited a considerable number of students. He was awarded "Jiangsu Friendship Award" in 2016 and "Honorary Citizen of Suzhou" in 2017.

【题记·话说小康】

"在苏州,很多地方你两三个月不去,就会看到不同的变化;三五年不去,有时那些地方就会变得不认识了。而在美国,你两三年不去,甚至十年八年不去的地方,再去看看,也几乎依然是当初的场景。活力使一座城市充满了生机,也让生活中的每一个人都充满着期待,充满着向上、前进的动力。"

"在西方,我看到太多的长辈们几乎都独自在家,孤寂度日。而在苏州,老年人的生活是多么充满着激情啊!那种彼此间的热情,老人们时刻融入社会生活的活力,是一幅多美的画卷啊!"

——苏平

引子

2018年1月26日,下午。南京东郊紫金山庄,会场上,一个白皮肤、蓝眼睛,留着络腮胡子的外国人正在发言。

这个外国人刚听完江苏省省长吴政隆的政府工作报告。作为江苏省第十三届人民代表大会的特邀嘉宾,他在为江苏经济社会发展建言献策。

"要进一步促进区域教育均衡,推动城市与农村教师互动。"他用自己在中国生活的深切感受,表达了"让农村教师与城市教师相互沟通、共享经验,有助于实现区域教育资源平衡"的观点。

这个发言充满激情、能说一口流利中文的外国人,英文名叫内森,来自美国,就职于苏州外国语学校。

他的中文名叫苏平,听上去是一个非常普通的名字,但冷不丁地苏平会说上一句:"我们一家五口都姓'苏'!"立马,会让人感受到他与苏州的情缘,在平淡的名字中,蕴藏着丰富内涵。

1980年出生在美国波多黎各的苏平,曾在自己的微信中写道:人生那么短,总要给自己一把"梯子",努力向上爬,一步一步脚踏实地往上行,顶端的风景才会更好。

"城市、颜色和爱"
——心头有个萦绕不去的美丽城市

那是苏平10多年教学生涯中一节普通的艺术与设计课程。

苏平来到黑板前,大大地写下了"城市""颜色""爱"三个词。他要让孩子们自由组合,寻找、记录自己眼中的苏州之美……

这个刚至不惑之年的苏老师的教学,总是开放的、多维的。在学生面前,他似乎永远是个"孩子王",永远是一个"游戏"的发起者。他带领孩子们在玩中提升英语水平、艺术水平、领导力技能……

2002年，22岁的他从美国米利根大学毕业，并顺利地留在了当地，做了一名教师。与苏州第一次结缘，还要从2005年秋天说起。

那时，他已在中国北京生活，担任一家企业的设计经理。在北京，他就听到过太多"天堂苏州"的故事。因为他的一位美国朋友在苏开设美资企业，非常直观地感受到苏州这座城市的魅力，所以力邀他来感受苏州园林的魅力及小桥流水的风情。

苏平清楚地记得，他与家人首次登上从北京开往苏州的火车时，乘坐的还是Z字头的夜班火车，从北京到苏州，用了整整12个小时。

"当时，只想到苏州去看看，度一个快乐假期。"苏平说，但短暂的苏州之行却给他留下太多深刻印象——苏州那些漂亮的商厦、大型的现代超市，比起北京通畅许多的交通，具有苏州特色的典雅餐馆，以及金鸡湖畔的秀丽风光，都使苏州显得既现代又安逸。一面是穿越2500年随处可见古迹的深邃与博大精深，一面是交通、商贸现代化的便利与洋气。"还有，那美丽的园林、古代建筑和私家园林上的窗花。在虎丘，我见到了从未见过的姿态各异的苏式盆景……这些都让我非常难忘。"

"在苏州，我们度过了愉快的一周。但没想到，三年后，我们会把苏州当作自己的家。"在这三年中，苏平辗转在北京、山东、波多黎各等城市工作、生活，而苏州，一直是一个让他牵挂的美丽城市。

一家五口都姓"苏"

苏平一家

对一位外国人来说，来中国工作，都必须起个中文名。在没来苏州之前，苏平其实已为自己起了个叫"平安"的名字。但有中国朋友告诉他，"平安"不太像一个正儿八经的中国人名，因为缺少中国名字中的姓。

"我要像中国人一样有个姓。"他思索着。

就是这次苏州之行，让他突然想到了"苏"这个姓，苏州的"苏"。

"事实上，在我搬到苏州的两年之前，我就已经为纪念苏州这座美丽城市，而将自己名字改成了'苏平'。"他的妻子取名"苏贤"。之后，他还为自己的三个孩子分别取名为"苏乐""苏文"和"苏荣"。"之所以妻子也姓苏，是因为在西方，妻子婚后会用丈夫的姓氏。我们在来苏之前，苏州早就成为我们'中国故事'的一部分了！"

至今，苏平还清楚地记得，2008年他与妻子带着三个孩子到达苏州时的情景。"当时第三个孩子才几个月，还抱在怀里。"在搭乘出租车时，苏州司机的热情让他难忘，司机不但为他们引路，还帮他们搬行李，让他们不要着急，要妻子抱好怀中的孩子。"对于我们这个外国人家庭来说，首次来苏安营扎寨，就遇到如此热情的苏州司机，让我们感激与难忘。"

在苏州，苏平应聘进入与国际教学接轨的苏州外国语学校，担任该校国际初中部的外教主管。4年后，他领衔苏州外国语学校英语、艺术与设计、伊顿课程、领导力与逻辑学、食品与营养等课程的教学工作。

由于他是美国教师，在加入中国教师队伍后，带来了独特的教育理念与方式。在中国中学课堂上，他尽情展示着他的博学多才、见多识广。

"当我开始在苏州教书、为孩子们讲授北美高中课程时，发现哪怕是高二、高三的学生，许多人的英语能力还是很有限，这也成为他们学习的最大障碍。"

于是，苏平开始尝试给初中学生教授英国体制课程，以提升整个校园的英语水平。

"苏老师总是将晦涩难懂的专业术语，通过艺术的方式形象地传达给我们，他总是深入浅出的。"朱睿凡同学说，由于生物课采用全英文教材，他与班上的几名同学开始时很不适应，经常需要苏老师为他们开小灶。

"那时，苏老师毫不犹豫地答应我们每天中午找他补习的请求。午饭结束后的每一个中午，苏老师都放弃休息，在他的办公室里，多了一道补习风景。他是那样地具有耐心，他会因为我们的一点点进步，高兴得像个孩子。"

"当我们在课堂上表达不清时，苏老师从不会非常直接地纠错，让人难堪，而是会用他独特的风趣的话语来帮我们阐述。他从不让人感觉到尴尬。"2018年进校的何紫凝同学，对苏老师做出了这样的评价。

由于对课程标准、教师标准的要求提高，课堂教学的质量也跟着不断提升。学生不仅能熟练掌握英语,而且还掌握了大量可帮助他们在国际课程中变得更具竞争力的技能。

"看到学生们有机会从苏州博物馆、历史文化景点及各行业大师身上学到东西,与苏州本土文化亲密接触,我感到特别喜悦。"对苏平来说,苏州是一个开放、包容的城市,苏州也是一个最需要像他这样的"洋苏州"的城市。

他的三尺讲台,总让课堂气氛异常活跃;他的教学,也总是那么开放且随和。

"在第一眼看见苏老师时,我们觉得他只是一位普通的外教老师,而当与他近距离接触了一段时间后,我们就发现了他的独特。"学生杭钲添说,"在'领导力'课程上,他会带我们回溯他的往事,给我们讲述一个个有趣的故事。这一切,都能让我们专心致志,也让我们在一阵阵笑声中收获知识。"

孩子们确实喜欢上这个"洋苏州"的课。苏老师创立的外教特色课程,已成为苏州外国语学校一道靓丽的风景,他成为苏州外国语学校开放教学上的一个尖兵,深受孩子的喜爱与家长的认可。

他在教学中,不仅教授英语知识,介绍世界文化,还会教学生做人的道理。

课间休息时,孩子们不会有任何拘束感,他们常常跑到讲台前与苏平交流。而作为学校外方教师负责人,在培养新外教、组织教育教学的工作中,他总是不遗余力。

与苏平做了4年同事的张婉玉老师说，他眼里的苏老师，一直是个热情积极的人，课堂上总能生动地向学生传授知识；他的课堂灵动活泼，妙趣横生，洋溢着他和学生们的阵阵笑声。

"他拥有最善良的心和最强的执行力，我敬佩他。我为拥有这样的朋友、同事和榜样而感到骄傲！"同事陈怡说。

他还总是和同事灌输开放教学的思想："学生作为国际公民，需要尊重不同的文化与价值，并为个人的行为负责，为建设更公平、更可持续发展的世界而努力。"

因此，苏平每年都邀请美国教师来苏交流教学，一年邀请三五次，每次邀请两三个教学组，五六个人。交流教学一般为期一周，在此期间，苏平会请美国教师对学校教师进行培训，并对学生进行授课。同时，也会向美国教师介绍中国、介绍苏州，架起一座中美沟通桥梁。

苏老师还是学校办公室里的开心果。"他乐观、善良、尽职尽责，有一颗闪闪发光的爱心。他每天都忙碌并且快乐着。有这样的同事，真幸运！"有同事这么评价他。由此，他在学校也获得了"最具爱心指导教师""学生心目中最喜欢的老师""敬业之星"等教学荣誉。

2017年的中国教师节，对苏平来说是一个非同寻常的教师节。因为，就在这个教师节来临之际，苏平荣获了"苏州市荣誉市民"的称号——这位"洋苏州"成了苏州市民。

"小酌"之后的会意
——用"蓝眼睛"的独特方式观察

"你若喜欢古典音乐，一定会被巴赫的悲壮、广阔，维瓦尔第的优美、温暖，门德尔松的典雅、华丽，亨德尔的崇高、雄伟，海顿的纯朴、明朗，贝多芬的情趣、激昂所深深地折服。"这是苏平以多元化视角对艺术的赞美。

苏平还有一双善于发现美的眼睛。他是一名教师，也是一位艺术家。

在中国的这15年里，苏平在北京、上海、苏州地区举办了17场展览，其中的个展包括《碰撞》《周年回顾》等。

苏平心仪苏城的山山水水，对苏州的爱也成为他创作的源泉。在苏州的小巷深处、金鸡湖畔，业余之时，他都会带上相机、画板，在苏城2500年的时光中穿梭。

他说，艺术之所以能直抵人心，是因为它经过多维度的探索，在丰富而细腻的捕捉和提炼后，结果是不可预知的。

他已不会去寻找"痛饮"后的肆意，而是着迷于表达"小酌"后的会意。他说，这才是苏州。

作为美国人，苏平善于用明朗的"美式"表达，通过徜徉在他喜欢的城市，通过他的"眼"，让人看到苏州的细腻与苏州的巨变。

他在艺术与设计课堂中，竭尽所能地向学生介绍中外艺术的各种形式，毫不吝啬地与学生分享自己对于艺术的理解。他让学生形成自己的美学素养,学会感受、赏析艺术,在广泛的文化情景中认识美,激发学生的想象力与创造力,并鼓励他们创作自己的作品。

"苏老师是我特别喜爱的一位老师,因为他非常特别——不仅是一位有责任心的老师,还是位有恒心的艺术家。"学生杨苏好说,"无论他多忙碌,总会为热爱的艺术挤出时间,创作作品、开办展览,让我知道,人真的拥有热爱的事物,才会不知疲倦。"

学生张励为说,认识苏老师三年,他是一位眼界非常开阔的老师,很荣幸能成为他的学生。"他对我来说不仅是良师,更是益友。在他的课程中,我总是很自信,总觉得有一种力量让我去发现那个更好的自己!"

初二时有一段时间,张励为很迷茫,日子过得很不顺心,苏老师知道后便找他谈心,耐心地开导他、鼓励他,帮他规划人生、制定每一周的小目标,并且约定每周三的中午和他见面,一起总结他的改变。特别有意思的是,苏老师还细心地将两人的谈话内容记在了一个本子上,最后送给了他。

在苏老师面前,同学们可将自己隐藏的心事告诉他,没有顾虑,这是多么大的人格魅力!

苏平有自己的工作室。他说,工作室对于艺术家而言就像实验室对于科学家一样重要。

在这里,他实验着不同材质的创作。他将中美同时代的作品通过剪辑同框展示,渗透出强烈的反差,让人回味曾经的岁月;

他将大卫等西方著名头像用雕塑重塑成京剧脸谱,给人以强烈的视觉冲击。

在这里,他还收集了江南地区的大量花窗。他说,苏州园林的移步换景,有很多是由花窗来构建的。花窗上有栩栩如生的历史人物,飞禽走兽、植物花卉形象逼真。苏州园林的花窗不仅是一种景观,也是苏州文化的反映。走进苏州园林品一品,每个园林都是一座"花窗微型博物馆"。

"这些流动的、与古人对话的不同花窗,是那样美与富于创造性。于是,我将这些样式提炼出来,进行抽象画的创作。"苏平说。而他的抽象线条创作同样带给人无限遐想,以至于有丝织企业要将他设计的花窗图案用于面料生产。

苏平说:"科学家与艺术家实际上差不多,都在探寻对我们生活的这个世界更深的理解。我希望人们通过我的作品以一种新的方式去理解这个世界,去探索人们的身份和归属感。"

苏平鼓励孩子寻找、记录自己眼中的苏州美景和爱。一参展学生对苏老师的评价是:"我学到的最主要的东西,是苏老师教我们的,就是如何用自己的眼睛去观察这个世界,去记录这个片段。"

苏平积极推动中外艺术家的交流,在苏州工艺美校进行讲座,与学生们探讨中外艺术形式;建立国内外艺术家常驻机制,引入全球充满朝气与创造力的青年艺术家群体,形成本地支撑、国内拓展、全球引接的大格局。

一家五口都姓"苏"

苏平在他的工作室与人分享他的作品

他认为，他所表现出来的艺术特色是不晦涩、不沉重。通过他的"眼"，人们看到苏州的细变与巨变——在2015年举行的"我与外教"全国摄影征文大赛上，他的摄影作品《寒山寺》荣获了一等奖。

那是一幅寒山寺夜景图。钟楼里亮着灯光，璀璨的焰火在钟楼旁闪耀。姑苏城外寒山寺放着焰火，能让人联想到那除夕之夜，寒山寺响起的108声钟声；在钟声里，苏平祈求着平安，用"蓝眼睛"观察着苏州人平和的生活。

当他登上领奖台，他阐述了自己的美学观点：每个人视角有着本质差异，而崇礼，才是我们对自然丰富的历史之美的最好颂扬。

他引用拉尔夫·哈特斯利的话："拍照是为了理解生活对我们的意义。"他认为，摄影是一种难得的沟通媒介——它超越了语言、时间和文化，它创造了共鸣并促进理解。

在小康路上，他用"蓝眼睛"的独特观察方式，为苏州带来了不同的视角与不同的处事角度。

"苏州好人"中的首个美国人
——小康路上给了人们更多爱的机会

苏平从小生活在美国，但对家乡美国的记忆几乎是零碎的。由于父亲在IBM工作，其工作性质要在美国各地奔波，苏平从小也随父亲在美国各地生活。

一家五口都姓"苏"

　　"我从上一年级到高中毕业,在美国9个州的10个城市生活过。我在苏州生活了12年,这样算来,苏州算是我生活时间最长的城市。"苏平说,将苏州称为"第二故乡"甚至是"家乡",一点都不为过。

　　苏平还是第一个获评"苏州好人"的美国人。在慈善的路上,他用一个外国人的热情,搭建起了一座座爱心桥梁。

　　9年前的一天,他踏进了一个苏州的四口之家。这一家子平时就靠父亲每月有限的一点收入维持生计。小女儿上六年级,大女儿患有严重的甲状腺疾病并辍学在家。父母没有钱也没有去想着为大女儿治疗。

　　苏平看在眼里,急在心里。他联系企业,为小女儿争取助学金;同时为生病的大女儿筹集医药费,带她去医院看病,向医生详细了解她的病情及最经济的治疗方案,并不厌其烦地向她的家长解释为什么要赶紧治疗。

　　在他的努力下,孩子的病情得到了控制,孩子也得以重新上学。在苏平的帮助下,这个生活艰难的家庭,走上了正常的生活轨道。

　　2008年,苏平通过志愿教学、夏令营以及周末补习班等渠道,开始为民工子弟学校提供教学。有段时间,他与市内5所不同的民工子弟学校建立合作,联系社会人士及公益机构,为学校、学生提供帮助。

　　他还在苏州外国语学校创办了免费支教活动,多年来,活动

苏平在苏州高新区民工子弟学校与孩子们在一起聊天

一直由他操办得井井有条。在活动中，他尽全力帮助贫困的儿童、民工子弟学校的学生，他会带一些自己孩子的玩具过去分享，会很有耐心地教孩子们学英语。

"他教我们的不仅是知识，更是我们应当承担的社会责任。"学生杨苏好这么说。

苏平甚至带着苏州外国语学校师生远赴云南彝良支教，并慷慨解囊。他用多种方式帮助中国贫困孩子，受益人数超过了5000人。

作为一个"洋苏州"，他还定期组织为民工子弟学校学生送书活动，以此来拓宽他们的知识面，让他们拥有平等的教育机会。他联合苏州眼科医院为民工子弟学校学生检查视力、配眼镜，受益学生超过千人。他搭桥苏州外企，为民工子弟学校学生设立奖学金，获益学生超过了400人。

4年前的一个夏天，苏平还发起了一场主题为"学校·家·希望"的摄影展。在他的指导下，民工子弟学校的孩子们自己准备、自己创作并自己完成了一场摄影展布置与展出。

"这十年来，我亲眼见证了民工子弟学校与本土优秀学校的差距明显缩小。教育教学的改变，成为整个城市进步的最直接的体现。"苏平说。

事实上，苏平不仅在中国土地上带着苏州外国语学校师生做慈善，还带着苏州外国语学校老师，去非洲肯尼亚支教。

李雪老师清楚地记得，那是一个寒假，苏平带着他们远赴肯尼亚首都内罗毕最大的贫民窟，用整整一个寒假支教。

"每天的工作都很累,但当地孩子的声音和笑容,总感染着我们每一个教育者。"李雪说,一天晚上,上了一天的中国文化课,大家都很疲惫,且又停电了,他们带的干粮也见了底,大家又冷又饿,时不时还有蚊虫叮咬。

"当时,苏平老师拿出了他的艺术范儿,为大家唱西方乐曲、讲人生故事,回忆他如何从一个调皮不羁的青少年,成长为一个有责任、有担当,并跨越万里到苏州,带着大伙一起做慈善的人。"李雪说,苏平带着他们悄悄跑到破旧的楼顶拍星星,"这个温馨画面现在回忆起来也是那样美好。而他至今,还一直资助着当地的一名女孩子。"

苏平是个忙碌的人,但他的忙碌,是为帮助别人忙碌,为爱和希望忙碌——在付出中收获欢乐。

给张婉玉老师留下深刻印象的是苏平对学生们的关爱。有一次,他们一起挑战"灵白线"徒步。到了最终集合的时候,却发现有两名学生还未归队。

这时,是苏老师自告奋勇,立马背起包果断重新上山:"我熟悉这些路,我去寻找!"

"他焦急的神情、满是汗的额头、不安的双手,无不说明他对学生的担忧与关爱。他总像对待自己的孩子一样无私地爱着他们。"张婉玉说。

学生杭钲添说:"苏老师的笑脸总令人回味。他笑容的背后,藏匿着一颗真诚的心。当我们行走在陡峭的山路上时,苏老师总是冲在最前面。为给我们拍摄一张风光无限好的照片,他总会抢先蹲在一块石头旁,等待最好的拍照时机。虽然与苏老师在一起的时光不长,但足够让我深切体会到他的温暖和那颗把学生放在第一位的心。"

面对纷繁的世界,苏平总是对生活条件比较优越的苏州外国语学校的孩子们说:"你们永远不要把自己拥有的教育机会视为理所当然的。一个人只有怀揣了远大理想,才会对美好明天充满更多的希望。"

由于对慈善事业的贡献,苏平被视作慈善行为的楷模,并出席了苏州市慈善大会暨第二届"苏州慈善奖"颁奖仪式。

评委给苏平的颁奖词中写道:"他用关心,树立了一座善的地标;他用奉献,涌动了苏州慈善的暖流;他为文明苏州,增添了一道光彩夺目的美丽风景……"

正由于中国的发展、苏州日新月异的地位,才吸引了像苏平这样远在美国的西方优秀教师加盟中国教育;也正由于中国的加快奔小康,才给了人们更多爱的机会。

从"看世界"到"看苏州"
——为全家生活在苏州而感到荣幸

苏平说,他是为了看看世界的不同才来到了中国。抱着"看世界"的初衷出发,却停留在了"看中国";又从"看中国",到只

"看苏州",这一住,就是12年。

"作为一个生活在苏州的外国人,我很真切地感受到了过去10年里外国人在这座城市里生活的变化。"苏平说,他最深刻的感受就是苏州这座城市一直以来的温暖。

从2005年他第一次来到苏州时,就深深体会到了苏州人民的热情、好客、善良。这既是城市,又是田园;既繁华,又安静,适合生活、居住。随着苏州的发展,这座城市也不断地以更开放、更多样的方式接纳着来自世界各地的人们。

"我亲眼见证了苏州政府制定的更为开放的新政策,新政策让苏州变得更加国际化。过去,为了吃到我最喜欢的西餐,我不得不远赴上海。现在,我在苏州便能找到各种我喜欢的餐厅。这也使得越来越多的外国人来此工作或学习,也丰富了苏州的多元文化。"

苏州,一个开放再出发的城市,一个充满活力、值得人去品味的城市,正在成为世界各国友人向往的"天堂"。这10多年里,一个个生活在苏州的"洋苏州",都真切地感受到这座文明古城向前迈进的步伐。爱上苏州,留在苏州,也让苏平完全融入到了非常市民化的生活中去。现在的他,几乎每个月都会与家人一起爬天平山、灵岩山,他喜欢运动。

而随着苏州的发展,苏州这座城市也不断地以更加开放、更加多样的方式接纳着来自世界各地的人们。

"2005年,好多高架还没开通,更不用说地铁了。我曾有幸游历过很多国家。我发现,每次我坐在另一个国家的城市地铁上,我都会想起苏州地铁,它是那么干净、整洁与现代。"苏平说,"苏州正持续地以美丽的姿态,年复一年地成长着。我和我的家人很荣幸能以它为家!"

"现在,中国对教师也有了更高的标准。在过去10年中,即使在最早阶段,教学质量就取得了很大进步。由于对教师的标准更高,自然而然地,课堂教学的质量也不断提高。学生不仅能更好地掌握语言,而且还掌握了大量的可帮助他们在国际课程中变得更具竞争力的技能。"苏平说。

苏平还深刻地感受到,与10年前相比,现在的学生对中国文化与传统有着更深的自豪感。这对于中国学生,尤其是学习国际课程的中国学生,是非常重要的。无论是什么年龄段的人,都需要一种深层的文化身份认同,学生们更应该对自我和祖国文化有一个积极坚定的态度。

"随着外国学子以及其他外籍人士回归他们的祖国,苏州将会继续为全世界所知。在过去10年中,苏州对全球各处的影响不断增强。"苏平说,对于任何一个社会公民来说,关心的总是使用最多的基础设施。在过去10年中,汽车的数量激增,虽然道路拥挤,但苏州的交通因大量且迅速修建的道路而变得通畅。

"在2005年,从城市的一侧到另一侧需要花费的时间长得惊人。但是在今天,即便是在道路上有更多汽车的情况下,四处走动以及从A处到B处还是变得更容易了。苏州的城市规划者们在促进城市发展这个方面做得相当不错。"苏平说。

对于2020年爆发的全球新冠疫情,他对中国政府的作为给予了高度评价:"苏州市政府部门提供的疫情信息,不仅有英语,还有日语、韩语等,这表明政府官员已尽可能照顾到、通知到每一个在苏州的外国人士。我在苏州受到了很好的照顾,感觉到非同一般的安全。"

苏平总是很谦虚,认为他个人力量是有限的。他说,很多时候他只是在扮演着"桥梁"的角色,它托载起人与人之间、集体与个人之间的友好与善意。

"这个社会从不缺乏温情,缺乏的是人与人之间的信任。"而他的目标就是要在大家身边重建这种信任,让人们的善行义举得到应有的尊重。同时,他也希望发生在自己身上的这些小事,能够影响更多的人,为人们架起更多结构牢固的"桥梁"。

当苏平看到CNN报道苏州的新闻变得越来越多时,他总是感到无比高兴。

"那天,我看到CNN又在报道苏州的变化,看到电视里非常详尽地介绍苏州工业园区东方之门周边的生活,我激动得马上用手机拍下电视画面,与美国朋友分享,说这正是我生活的城市。结果引来好多美国朋友的点赞。"苏平自豪地说。

"在苏州,很多地方你两三个月不去,就会看到不同的变化;三五年不去,有时那些地方就会变得不认识了。而在美国,你两三年不去,甚至十年八年不去的地方,再去看看,也几乎依然是当初的场景。活力使一座城市充满了生机,也让生活中的每一个人都充满着期待,充满着向上、前进的动力。"

在中国,在苏州,良好的社会治安也让苏平感到欣慰。

"我的大孩子苏乐已经16岁了,在这里的业余生活越来越丰富,可供孩子选择学习的东西也越来越多。"苏平说,苏乐喜欢上了击剑,从小就一个人在苏州到处跑。"在苏州,你可让自家的孩子到处跑,再晚回家,父母也会放心。若在美国,即使是在纽约,你也不会放心让孩子一个人在外随处跑的。"

也正因为苏平积极投身文化交流、公益事业,2019年,苏平荣获了由江苏省政府为外国专家设立的外国人最高奖"江苏友谊奖",以表彰他在江苏省经济建设和社会发展事业中做出的突出贡献。

在美国就追求艺术的他,闲暇时也经常去园林、街巷、古运河边画上几笔,画作中少不了地融入了苏式花窗、砖雕门楼等古韵今风的元素。

当问及苏平作为一位画家,如果要用一幅画来表达他眼中的苏州是什么,他会如何创作时,他给出的元素是花窗、盆景、同事令人难忘的笑容以及城墙边跳广场舞的大妈。

"在西方,我看到太多的长辈们几乎都独自在家,孤寂度日。而在苏州,老年人的生活是多么充满着激情啊!那种彼此间的热情,老人们时刻融入社会生活的活力,是一幅多美的画卷啊!"

最没想到的是,在"洋苏州"的眼睛里,那个古城墙下大妈跳广场舞、在中国人看来平常得不能再平常的街景,也会成为他们脑海中最挥之不去的美好场景与深刻记忆。

这片热土坚定了执着的信念

盐谷外司

SHIOTANI GAISHI

男，日本籍，苏州石川制铁有限公司董事长。把日本先进的管理经验引入中国，并一直致力于推动中日友好事业，为增进两国人民友谊做出了积极贡献。2007年被评为"苏州市荣誉市民"。

He is the Japanese Chairman of Suzhou Ishikawa Steel Co., Ltd. He introduced advanced Japanese management experience into China and has been committed to the advancement of the friendly relations between China and Japan, making positive contributions to the enhancement of the friendship between people in the two countries. He was awarded "Honorary Citizen of Suzhou" in 2007.

【题记·话说小康】

"父亲在一次次的往返中,不仅慢慢地了解了中国的企业,感受到了中国改革开放的政策及其带来的变化,同时对苏州的历史和文化有了更深的了解。他渐渐地喜欢上了苏州这座城市,并且一次次把在苏州的所见所闻讲给我们听……"

"苏州的发展太快了,快得简直让人目不暇接。"

——盐谷外司

引子

2020年8月16日,中国铸造行业盛会——第十六届中国铸造协会年会暨第五届全国铸造行业创新发展论坛在上海举行,来自全国各地的1000余名铸造行业代表和专家学者齐聚一堂,共同探讨中国铸造业的变革与发展战略。令人关注的是,本次大会同时为中国铸造行业"终身成就奖"和"特别贡献奖"举行隆重的颁奖仪式。

在颁奖盛典上,盐谷外司作为"铸造行业特别贡献奖"获得者来到了舞台中央。此时此刻,献给盐谷外司的颁奖词在会场回响:

盐谷外司先生，是苏州石川制铁有限公司的董事长，1949年12月出生于日本石川县金泽市，在铸造行业领域深耕了52年，是一名从事铸造生产技术管理、品质管理、生产管理的资深专家。

他在2007年荣获"苏州市荣誉市民"称号，在他的影响下成功引进了日本上市公司中央可锻株式会社和日本贝原合金株式会社2家铸造企业，并且引进了日本先进的生产管理理念和方法，培养了一大批铸造方面的人才，为苏州地方经济的建设和发展做出了很大的贡献。

今天他所取得的这些成绩都得益于他坚持的那份信念，要成功的那份信念，要为社会做出贡献的那份信念。他说铸造业是他的终身事业，他将献出自己的毕生精力。

伴随着颁奖词，整个会场的目光聚焦在盐谷外司身上。

盐谷外司红光满面，脸上洋溢着自信。他一身正装，精神矍铄，显得格外年轻。

荣获铸造行业"特别贡献奖"，盐谷外司可谓实至名归。而这一切源于他的那份信念、那份执着。

金泽、苏州，两地情缘一线牵

盐谷外司第一次踏上中国土地来到苏州，是在20世纪80年代。

1987年初，春回大地。盐谷外司作为石川县铁工机电协会考察代表团成员，登上了从日本东京飞往上海虹桥机场的航班，开始了他向往已久的中国苏州之行。

飞机抵达上海之后，经过4个多小时的颠簸，终于到达了他陌生而又熟识的苏州。要说陌生，因为这是他第一次来到苏州；要说熟识，则来自他父亲对中国苏州的一次次倾心描述。

在苏期间，盐谷外司与铁工机电协会的企业界代表一起参观考察了苏州的企业，听取了苏州改革开放的做法与经验，同时游览了苏州的名胜古迹。他为苏州这座历史文化名城及其发展前景所深深吸引。这次考察，不仅让盐谷外司与苏州结下了不解之缘，而且直接决定了他余生的命运。

是年，盐谷外司38岁，正值风华正茂的年龄。

其实，这次盐谷外司来苏的另一个任务，是受父亲指派帮助苏州电机厂调试FMM铸造（流水）线。

苏州电机厂位于盘门路235号。清晨，盐谷外司早早来到电机厂铸造车间，一头扎进了FMM铸造线的调试工作中。中午，他顾不上休息，继续埋头工作，直到下午三四点钟，调试工作方告一段落。望着渐渐启动的FMM生产线，盐谷外司才缓缓地松了口气。盐谷外司一丝不苟、专注敬业的工作精神，令在场的人无不敬佩。

盐谷外司1970年毕业于金泽工业高等专门学校机械工学专业。在校读书期间，他就边学习，边在父亲的公司实习。走出校门后，他进入了日本中央可锻株式会社工作，了解了日本著名企业运行的基本情况。1973年,转而来到父亲创办的石川可锻制铁株式会社从事技术工作。在这里,他不仅全面培养和锻炼了动手操作能力,更积累了颇为丰富的可锻铸铁、球墨铸铁等专业技术知识,同时在父亲身上耳濡目染地学到了不少创业精神和企业管理经验。一丝不苟的工匠精神和精益求精的产品质量,是石川可锻制铁株式会社赢得同行和客户信赖之根本。

一提到苏州电机厂FMM铸造生产线,盐谷外司的心绪久久不能平静,他总是情不自禁想起他的父亲——盐谷由荣。

时间倒回1981年。伴随着中国改革开放的步伐,作为改革开放前沿城市的苏州市与日本石川县金泽市正式缔结为友好城市,从此开启了苏州市与金泽市友好往来和交流的历史进程。

1984年,作为金泽市企业界代表,盐谷由荣应邀来到苏州考察访问。考察团一行10多人先后参观考察了苏州的企业、城市建设以及园林建筑等,所到之处,无不受到中方的热烈欢迎和热情接待。之后的两三年时间里,盐谷由荣多次往返于金泽、苏州两地,着力推动日中友好交往以及金泽与苏州两地的经济交流。在一次次的相互交往中,盐谷由荣对苏州的企业发展情况有了更多的了解。他深深感受到,尽管苏州的工业门类较多,企业也不少,但工业的整体水平与日本先进的工业体系相比有三四十年的差距。他渐渐萌发用技术来帮助提升苏州铸造企业的想法。

提升铸造水平,技术装备是关键。这时,盐谷由荣率先想到了曾经参观考察过的苏州电机厂,他决定无偿给苏州电机厂赠送一条FMM铸造生产线，就主动与中方取得联系。价值3000万日元的FMM铸造生产线，是专门用于生产铸铁件的全自动生产流水线，这在当时的日本亦属先进。

1986年6月，盐谷由荣通过船运，带着FMM铸造生产线，再次辗转来到苏州。对于盐谷由荣的义举，中方深表感谢，苏州市人民政府专门举行了隆重的捐赠接受仪式，向盐谷由荣赠予锦旗：中日友好，源远流长。

"'FMM铸造生产线'是金泽市和苏州市友好交流的一个缩影，也是两地经济友好交往的一个见证。"在回顾当时的情形时，盐谷外司由衷地说。但由于当时中方技术人员从未接触过这类生产线，设备送来之后一直未能得到正常使用。半年之后，盐谷外司受父亲之托，借随石川县铁工机电协会考察之机，帮助苏州电机厂调试FMM铸造生产线。

"父亲在一次次的往返中，不仅慢慢地了解了中国的企业，感受到了中国改革开放的政策及其带来的变化，同时对苏州的历史和文化有了更深的了解。他渐渐地喜欢上了苏州这座城市，并且一次次把在苏州的所见所闻讲给我们听……"盐谷外司娓娓道来，"父亲常说，苏州园林很美，苏州历史悠久，与家乡金泽有很多相似之处。"在父亲那里，盐谷外司还得知，当初苏州市与金泽市结为友好城市，其原因之一就是因为金泽市拥有日本三大名园之一的兼六园。

金泽市位于日本海侧金泽平原，地处北陆中部，隶属于石川县，是石川县的县厅所在地，现有人口46万余。兼六园与水户偕乐园、冈山后乐园并称日本"三大名园"。兼六园位于金泽市中心，采用"回游式"造园艺术，最大限度地利用土地空间，在庭园内开挖池塘，堆砌出错落有致的假山，因此又有"假山、林泉、回游式园林"之称。同时园子以亭子和茶屋为点缀，游客需逐个观赏方能游览全部景致。除了兼六园，金泽市城中有不少小河流贯而过，居民傍水而居。其东茶屋古街，商铺林立，热闹非凡，徜徉街头，能使人联想起苏州的山塘街、平江路。

一有空暇，盐谷由荣就常常带着家人游览兼六园。到了苏州之后，盐谷由荣同样喜欢上了苏州园林，每每沉醉于苏州园林的曲径通幽之中。

这种日积月累的苏州情愫，最终促使盐谷由荣下决心，在苏州创办企业。

进退之间，他们看到了苏州的新机遇

1994年9月，经过反复论证与磋商洽谈，中日合资苏州石川制铁有限公司挂牌成立。这是苏州和日本金泽两地经济技术合作交流的产物。

中日合资苏州石川制铁有限公司由地方国营苏州电机厂与日本石川可锻制铁株式会社合作成立，双方出资比例为6：4。建厂伊始，盐谷外司受母公司日本石川可锻制铁株式会社派遣，跟随父亲盐谷由荣来到苏州,担任工厂的技术指导,传授铸造技术,并协助父亲管理企业。

但是,出乎意料的是中日合资苏州石川制铁有限公司的合作并不顺畅,产品的不良率居高不下,企业陷入亏损。到了1998年,合作方的国企又面临倒闭,厂房和土地银行要收走。

企业走到了十字路口。接下来怎么办?母公司日本石川可锻制铁株式会社想到了撤资。

这一阶段,中国改革开放的步伐进一步加快,国企纷纷转制,苏州的民营企业迅速崛起,大量外企又以独资的方式进入苏州设厂,营商环境日益优化。深谙中国改革开放政策的盐谷由荣看到了新机遇,果断决定从合资中退出,独立办厂。

1998年底,由日本石川可锻制铁株式会社独资设立的苏州石川制铁有限公司正式成立。这一年,盐谷外司从父亲手上接任董事长职位,挑起了苏州石川制铁有限公司的发展重任。

由技术指导、协助父亲打理工厂,到独当一面全面负责企业的运营管理,这毕竟是一个重大转折。企业要生存,要发展,就需要资金,需要技术人员,需要生产厂房。盐谷外司深感压力重大,彻夜辗转难眠。但是,属牛的盐谷外司从小就有一股"初生牛犊不怕虎"的韧劲,在工作中他悟出谋事在人,只要坚持,就有成功的希望的道理。

工厂设在哪里?盐谷外司带着总经理四处奔波,到处考察。

20世纪90年代末,为加快经济发展,苏州各地的经济技术

这片热土坚定了执着的信念

2014年公司20周年庆，盐谷外司同员工互动娱乐，一唱一和，其乐融融

开发区如火如荼地崛起。一天，他们来到了位于苏州城南的江苏吴中经济开发区，实地察看规划中的工业区。望着一片空旷的田野，盐谷外司心里盘算了起来：这里发展空间大，距离苏州古城仅10来千米，交通方便，人文底蕴厚重，劳动力素质高，适合企业发展。

他的这一想法，很快获得了母公司的赞同。

2000年，伴随着21世纪的钟声，盐谷外司开始忙碌了起来。购地，规划论证，兴建厂房，购置设备……一忙起来就到深夜。

2002年1月，盐谷外司迎来了人生篇章的崭新一页，苏州石川制铁有限公司新工厂竣工开业。望着新落成的厂房，盐谷外司心潮澎湃，回想1987年首次踏上苏州这块土地帮助调试FMM铸造生产线，1994随父亲来到苏州合资厂进行技术指导，协助管理企业，1998年目睹合资企业关闭，而今终于有了自己一手建造的工厂，甜酸苦辣一齐涌上心头。也就是从那个时候，盐谷外司默默下决心：发扬石川可锻制铁株式会的铸造精神，缔造一流的铸造企业，为中国铸造行业增姿添色。

随着生产设备的逐步到位，企业很快步入了正常轨道，生产订单一一而来。为确保产品质量，公司引进了大量技术人才。公司的健康发展，赢得了日本中央可锻株式会社的青睐，日本中央可锻株式会社注资共同发展。此后，为扩大生产规模，公司又相继建起了3个铸造车间和1个加工车间，公司占地面积达到54000平方米，厂房面积30000平方米，总投资达80亿日元。公司研发生产的汽车类部件、阀门类部件相继出口美国、日本及欧洲国家，分别与日本丰田汽车、日立金属、美国康明斯等国际知名公司与厂商配套合作，同时为国内部分汽车厂商进行配套生产。

苏州石川制铁有限公司凭借优良的产品品质，赢得了国内外市场和客户的广泛认可，在铸造行业中占了一席之地。

"想企业所想"并不是空口白话

历经多年的发展，苏州石川制铁有限公司业务覆盖了日本和欧美多个国家。

然而，天有不测风云。2008年，正当苏州石川制铁有限公司迎来了成立14周年之际，一场全球性的金融危机席卷而来，以出口为主导的苏州石川制铁有限公司业务上遭遇严重冲击，产品出口严重受阻，公司业务一落千丈。

怎样摆脱国际市场冲击，走出发展困境？危中育机，机会在哪里呢？这个时候，中国的发展又为企业创造了绝佳条件。

当时，正值中国基础设施建设大发展时期，与铸造业直接关联的高速铁路快速启动。盐谷外司把发展目光投向中国国内市场。2008年，京沪高铁开建。盐谷外司敏锐地看到了商机，决定大干一番，上马与高铁相配套的扣件铸件。

为开发生产高铁用扣件铸件，盐谷外司一次次与京沪高铁建设部门取得联系，表明苏州石川制铁有条件、有能力生产扣件铸

2017年7月1日举行经营管理机构干部职务调整
交接仪式，盐谷外司亲自宣布并授衔

件，并保证如期保质保量完成生产任务。可是得到的回答却是：中国高铁原则上只采购本土企业的产品。

怎么办？如果就此放弃，盐谷外司心有不甘。

盐谷外司心想：中国的高铁就是日本的新干线。幅员辽阔的中国，随着经济高速发展，未来高铁市场的蛋糕有多大！盐谷外司深知，日本新干线的建设，是日本经济高速增长的产物，而新干线的建设反过来又推动了日本经济的进一步快速发展。此刻的盐谷外司，思绪仿佛坐在了新干线上，跃跃欲试，势不可当。但要是硬去投标，人家高铁建设方又不接受，怎么办呢？

又是一个难眠之夜，盐谷外司辗转反侧，突然灵光乍现：苏州不是说要想企业所想，急企业所急吗？对！找政府部门说去！盐谷外司的牛劲又上来了。

第二天一早，盐谷外司找到地方领导，如实汇报了自己的想法，请求领导帮助协调。有道是好事多磨，最终在有关部门的共同努力下，苏州石川制铁得以有机会参与京沪高铁的招投标，并且凭借企业的实力和产品的质量，一举拿到了京沪高铁50万件铁垫板紧固件的订单，合同价值5.2亿日元。

接着，公司仅仅用了四个月的时间，就完成了50万件生产任务，显示了苏州石川制铁有限公司强大的生产能力。

首战告捷，大大鼓舞了盐谷外司参与中国高铁建设项目的信心和决心。公司调整产品结构，开始了高铁零部件的规模化生产。在以后的短短几年时间里，苏州石川制铁先后参与温福高铁、杭甬高铁、夏深高铁、晋豫鲁高铁以及准朔线、张唐线、蒙华线、玉磨线、浦梅线、兴泉线、重庆东环线等高铁线路的建设项目的招投标,并成功中标。在开拓市场和业务的同时,为中国高铁事业的发展贡献了苏州石川制铁的一份力量。

研发生产高铁产品,与高铁建设配套,与中国高铁同步发展,标志着苏州石川制铁有限公司产品与市场两大方向的转型。

"面对市场的变化,企业必须转型升级。一旦脱离市场,企业必定走投无路。"在总结公司抓住中国高铁发展契机走出2008年危机的经验时,盐谷外司深有感触地说。

铸造业的空间很大,从汽车、机床,到航空、航天、国防以及人们的日常生活,如建筑五金、家用电器等都需要铸件,这给铸造行业发展带来诸多机遇。这之后,苏州石川制铁根据市场需求,不断调整优化产品结构,同时一手抓国际市场,一手抓国内市场。公司原来90%左右的产品销往国际市场,国内市场仅占10%左右,现在国内市场占到75%,25%销往海外,从而赢得了发展的主动权,企业规模日益扩大,经济效益持续攀升,创造了日本小型家族型企业在中国创业的成功范例。2017年,公司完成营收7.08亿元人民币,实现利润总额9000万元人民币,同比增长27%;2018年,实现产值8.03亿人民币,成为吴中区的纳税大户。

事实上,苏州石川制铁的大发展,正是得益于中国日新月异的蓬勃发展,受惠于根植苏州这座中国数一数二的制造业大市。

精工铸魂。2016年,中国提出"新一代信息技术与制造业深度融合"的技术路径，无疑为苏州石川制铁提出了新的要求和目标。此时，盐谷外司审时度势，决定以"高铁速度"，与时俱进，加快推进企业信息化战略。如今作为第一阶段成果，苏州石川制铁有限公司集成的全球最大企业管理解决方案SAP ERP已基本形成，集成模块有FICO（财务、成本管理模块）、SD（销售模块）、PP（生产管理模块）、MM（采购、库存管理模块）。由此，公司向现代智能化铸造企业迈出了重要一步。

信息化时代，信息就是最好的资源。年逾七旬的盐谷外司时刻关注国内外铸造业前沿动态，思维十分活跃。为多渠道掌握国内外铸造业最新信息，他经常参加国内外加工与铸造方面的专业学术研讨会，参与学术交流与研讨。在技术前沿领域的不断碰撞中，激发创新火花。

装备与技术更新，是铸造业的生命所系，是产品持续保持领先的关键。作为铸造业领域的资深专家，在谈到设备与技术进步时盐谷外司如数家珍。自2010年起，盐谷外司在中国先后获得20多项的专利发明，如新型随流孕育剂装置、铸件弧面打磨定位装置、卧式机床加工多工位快速装夹装置等等，这些专利技术，均被中国国家知识产权局核准。盐谷外司利用这些专利技术，推动企业的创新发展。而一年一度的国内外加工和铸造技术博览会，都能见到苏州石川制铁的身影与产品。

愿将己身化作"桥"，助推区域上下游产业联动发展

2007年9月28日，在苏州市人民政府举行的国庆招待会上，盐谷外司被授予"苏州市荣誉市民"称号。

当盐谷外司从苏州市市长手中接过"苏州市荣誉市民"证书时，心里有着说不出的激动。他十分清楚，这是一份荣誉，更是一份责任。

"苏州市荣誉市民"，授予为苏州的经济建设、社会发展和对外合作做出杰出贡献的外籍人士。盐谷外司收获这份荣誉，这是对他多年来扎根苏州、立志为社会做出贡献的那份信念的充分肯定与褒奖。

苏州石川制铁有限公司成立25年来，一直把社会责任置于企业的核心战略地位，且深深根植于企业的整体发展之中，为人类、社会与自然的和谐发展贡献力量。正是在这样的奉献过程中，盐谷外司不断释放出个人魅力。

本着世代友好、合作共赢的信念，盐谷外司致力于中日友好事业，架设石川县、金泽市与苏州市友好交往的桥梁。日本石川县知事、金泽市市长和日本铁工机械协会、日本冲床协会、日本北陆银行等的知名人士及企业家都相继来苏访问并参观苏州石川制铁有限公司，每一次盐谷外司都十分热情地介绍苏州的经济社会发展及自身的创业历程。与此同时，为苏州地方政府和企业赴日考察与招商牵线搭桥。在他的努力下，日本上市公司中央可锻

株式会社和日本贝原合金株式会社2家铸造企业落户苏州,并获得了快速和长足的发展。

作为日本铸造协会会员,盐谷外司对日系客户、日系同行在中国创办企业竭尽咨询、帮助之能。从最初的昆山丰田工业,常州小松铸造、森川产业,到丰田常熟工厂等设立,盐谷外司无不无私地给予"中国经历"建议,帮助企业成功发展。在他的示范带领下,周围团结了一大批铸造业厂家,推动了区域上下游产业的联动发展,其中大部分都成为了苏州石川制铁的紧密合作伙伴,如苏州松青机械有限公司、上海信森(上海)铸造有限公司、苏州市昌星模具机械有限公司、苏州市神川造型材料有限公司、苏州市华怡炉料有限公司、苏州市华川铸造有限公司、苏州市旺斯特机械制造有限公司、苏州美可川精密机械有限公司、无锡明星模具有限公司、苏州市吴中区横泾铸件加工厂等等。更为可喜的是,其中不少企业由最初的小作坊,逐步成长为具有一定规模的现代化民营企业,推动了苏州的经济建设。

把参与社会公益事业和慈善募捐作为社会义务,回馈社会,彰显出盐谷外司高度的社会责任感。

2008年,闻讯四川汶川发生大地震,在公司捐款10万元人民币的同时,盐谷外司立即倡议发动员工捐款,累计达5万元;2009年,当四川玉树发生地震后,公司又捐款10万元,同时发动员工捐款。此外,公司历年来给慈善机构捐款、捐资爱心助学、帮扶贫困地区、慰问敬老院以及赞助体育赛事、文化活动等费用累计超过50万元。

企业内部员工一旦遇有突发事件或困难，总会牵动董事长盐谷外司的心。2014年，当盐谷外司听说一位职工家庭发生困难，立即叫工会拿出2万元给予慰问。2020年10月，铸造车间一名员工患上了重病，盐谷外司提出给予4万元的补助，并亲自予以慰问。为应对职工家庭突发特大疾病引起的家庭困难，盐谷外司提议通过工会成立公司应急基金，这在一定程度上缓解了职工的困境。对困难员工的关爱，使每一位员工深深感受到集体的温暖。

"铸造行业的标杆"从这里打造

"苏州是我的第二故乡，我喜欢苏州这座城市。"盐谷外司多次这样深情地表达。说起苏州的变化，盐谷外司更是深有感触地说："苏州的发展太快了，快得简直让人目不暇接。"他说，他是看着苏州一步步发展的。

从这个意义上说，盐谷外司也是苏州改革开放、全面建成小康社会的见证者、亲历者。

也许因为是从生产汽车零部件起家的，谈及中国以及苏州的变化，他的目光往往会格外敏锐地聚焦在交通道路和汽车上。这不禁使人想起苏州石川制铁有限公司会议室的一幕：在会议桌中央，摆放着各种汽车模型。公司员工介绍说，因为汽车零部件

这片热土坚定了执着的信念

盐谷外司高尔夫运动中的风采

生产至今仍是公司的重要业务。

盐谷外司说，苏州现在的道路四通八达，到上海开车上高速不到一个小时车程，去太湖一上高架立马就到。

"第一次到苏州，马路上车辆很少，有的也大多就是普通桑塔纳，那时的马路中间还没有划线，可以随便通行。"说到这里，盐谷外司不禁笑了起来。他接着又说，现在苏州的马路上整天车来车往，不仅车辆多，各种高档车辆也多，而且基本是私家车。

25年的苏州生活，不仅让盐谷外司目睹了苏州的发展变化，更是让他融入了苏州。他说，喜欢苏州的园林，尤其喜欢苏州的网师园。网师园小巧玲珑，每当与朋友一起游览网师园的时候，他就会想起家乡金泽市的兼六园。其实，无论来自哪个国家，无论是哪种肤色，每个人都有他的乡愁。关键在于，这份乡愁在异乡能不能找到寄托。网师园就寄托着盐谷外司的乡愁。

盐谷外司也喜欢苏州菜，一旦家乡人来到苏州，或者空暇时朋友小聚，他就会来到松鹤楼或工厂附近的新梅华酒店，点上几个菜，小酌一番，别有情趣。他喜欢吃醉蟹，对松鹤楼的松鼠鳜鱼记忆特别深刻。他对苏州人平时到饭店聚餐颇感好奇：一到周末，饭店都客满，挺有意思。

周末，到太湖边上打高尔夫球是盐谷外司的主要业余生活。他说，苏州太湖山清水秀，十分漂亮，那边的高尔夫球场依山傍水，令人惬意。最早打高尔夫球的大多是外籍人士，现在中国人也喜欢高尔夫球运动，球场上大多是中国人了。这种悄然的变化，也印证了苏州这座城市的国际范儿十足。

2021年是苏州市与金泽市缔结友好城市40周年，对这一年，盐谷外司心里平添了许多期盼。原来，他们厂在吴淞江工业园又购置了138亩工业用地，新厂房正在规划建设中，他十分期待在2021年12月苏州市与金泽市缔结友好城市40周年之际，新厂房能够落成。

从20世纪70年代开始，盐谷外司在铸造行业整整耕耘了50余载。在这长达半个多世纪的时间里，盐谷外司坚定不移地推进铸造业的进步。

盐谷外司说，铸造业是他的终身事业，他将为之献出自己的毕生精力。在这个理想的驱动下，他矢志要把企业打造成"铸造行业的标杆"。

今天看来，选择苏州这片沃土，除了冥冥之中的缘分，更有企业生存发展的本源召唤。当前，苏州石川制铁有限公司新厂房正按照"两化融合"要求，采用先进的智能化、信息化设备代替人工，打造一个集铸造和加工于一体的现代化高科技工厂。

这不仅是盐谷外司的期待，亦为铸造业界的共同期待。

梦想天堂　玉汝于成

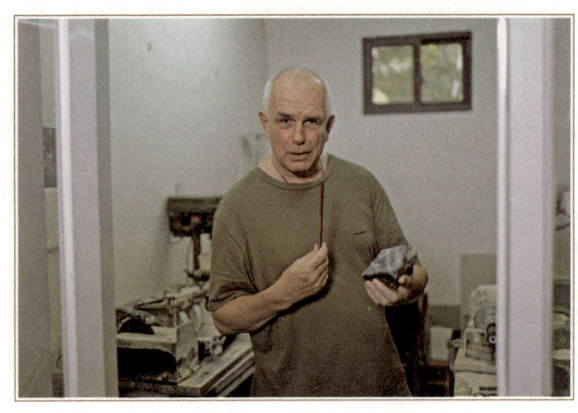

安大陆

Andrew Shaw

男，英国籍，BBC（英国广播公司）前记者，因痴迷于中国玉文化，只身来到苏州钻研苏作玉雕，现为玉雕师。作品融合东西方审美，别具风格，连获"子冈杯"金奖、"天工奖"铜奖以及多个国外玉雕赛事奖项。出版英文版书籍 *Jade Life*（《玉的生活》），将中国的玉文化带到了全世界。

He was once a British BBC reporter. Because of his obsession in Chinese jade culture, he came to Suzhou alone to study the art of Suzhou-style jade carving, enabling him to be a jade carver now. His works present a unique style which combines both Eastern and Western aesthetics. He once won the Gold Award of the "Zigang Cup", the Bronze Award of the "Tiangong Award" and many other awards in jade carving competition both at home and abroad. He has published a book, *Jade Life*, bringing Chinese jade culture to the world.

"洋苏州"眼中的中国小康

【题记·话说小康】

"苏州之行是一次不可思议的愉悦之旅，中国人向我展现出浓浓善意并提供了慷慨帮助。在这里，我遇到了真挚的爱情和浓厚的友情。现在，我生活在自己喜欢的地方，做着自己喜欢的事，平时接触交往的是自己喜欢的人，别无所求。"

"在苏州的这些年里，我看着大片空地变成高楼大厦和厂房，多条轨交投入运营、四通八达，苏州实现了由小桥流水人家的古城到现代化大都市的变迁，这让我非常震撼和高兴。我也将继续把玉雕艺术搭建成中西文化的沟通桥梁。"

——安大陆

引子

千年古城苏州，开放包容，自信优雅，吸引了众多外国人来此追寻自己的梦想，60多岁的英国人安大陆就是其中之一。

因为玉，他年过半百辞掉工作，只身来到苏州；因为玉，他苦学中文，风雨无阻，为自己的梦想而拼搏；因为玉，他幸运连连，收获爱情，与一位美丽的苏州女子喜结良缘……从2008年开始，这位BBC（英国广播公司）前记者来到苏州，潜心学习玉雕技术。

从最初的挨家挨户拜门求师，到开设自己的工作室，再到多次获得玉雕大奖，安大陆凭着努力和执着，迎来了梦想中的春天，也见证了人间天堂苏州的小康风采。

作为中国唯一的"洋玉雕师"，安大陆的作品融合东西方审美观念和情趣，别具风格。从撰写书籍向西方读者介绍中国玉文化，到促使多国玉雕艺术家来苏参展交流，再到举办沙龙向外国人讲解中国玉知识，安大陆以玉为媒，与苏州的情缘日益深厚，对未来充满期盼。

与玉结缘，只因"在人群中多看了你一眼"

安大陆的前半生，是一位令人羡慕的BBC记者。

他1956年9月出生，1980年从伦敦大学毕业，大学时学的是政治经济。1990年至2006年，安大陆曾在日本、韩国、法国、意大利、西班牙、德国、波兰等10多个国家做BBC的驻外记者，一有大事件发生，就要第一时间奔赴现场，甚至深入危险的场所。

2003年，年近50的安大陆去泰国休了4个月的长假，在佛寺中静坐反思自己前半生的生活，同时开始撰写一本书。当时，天气炎热，他心情比较焦躁，创作也无法顺利进行。一次逛街时，他偶然走进一家玉店，看到了一尊约5厘米高的翡翠佛像。在他眼中，那尊佛像美得如歌如诗，仿佛对着灵魂歌唱，他疲惫的心获得了宁静。平生第一次，他拿起了一件玉雕，并花200英镑买下了它，至今珍藏在身边。如今看来，那尊佛像的雕工、质地皆非上乘，却成就了安大陆与玉雕的机缘。

回到英国，安大陆陷入了玉雕的世界，翻遍了所有关于玉雕的英文书籍，但是资料却相当匮乏。在英国，安大陆很少能看到玉。博物馆里有一些，但多数是古玉，他不是很喜欢。而且博物馆的东西只能看不能摸，他觉得玉石是应该把玩的。于是，他每次到亚洲采访时都要购买玉器和相关书籍。饱浸东方文化色彩的玉雕令安大陆如痴如醉。从书中他还得知，玉的故乡是中国，而中国玉雕发源地之一就是苏州。

当时，安大陆已经在BBC工作10余年，常年奔波于世界各地，身心疲倦。但年迈的母亲一直以他的工作为傲，深爱母亲的他选择坚持，把学习玉雕的梦想在心里按了下去。2006年的某一天，凌晨4点，在越南出差的安大陆突然从梦中惊醒，心神不宁的他赶紧给弟弟打电话，得知母亲离世，不禁捂面痛哭。

母亲的去世令安大陆痛苦不已，他把自己锁在房间里整整两天，重新审视自己的人生：30多岁时出于对新闻的热爱加入BBC，如今已经厌倦到处奔波的生活，自己是否应该换种活法？思绪至此，他决心辞职，去苏州学习玉雕。

他知道，作为一个不懂中文的英国人，要只身到中国学习玉雕必定困难重重；他知道，自己不再年轻，身体跟不上自己那颗年轻的心，做不出什么繁杂精致的玉雕。但是他不在乎，他只知道自己必须学玉雕，必须做玉雕，否则此生有憾。

新的修行，也由此开始。

安大陆本名Andrew Shaw，以"安大陆"为中文名，是因为他的名字里正好有个"an"的读音，同时也有"安在中国大陆"的寓意。在他看来，他和玉的关系可以用"一见钟情"来形容，而这场精神恋爱历时5年。

2008年2月，安大陆买了一张机票，只身飞到中国，直奔苏州准备寻师学玉雕。这也是他第一次来到中国，而当时除了"你好"外，他一句中文也不会讲。为了维持生计，和很多初来中国的外国人一样，安大陆找了一份英语外教的工作。但是要实现学习玉雕的梦想，必须先通过语言关。安大陆在苏州大学学了3年中文，不仅学会了中文口语，还掌握了难度极大的中文阅读和写作。

最困难的就是刚来到中国的那段时间。当时的相王弄大概有800个玉雕工作室，是苏州玉雕产业的集中地、玉雕人的摇篮。安大陆在学习之余，就在苏州奔波，到处寻找相王弄，想拜师学艺。不过，当时安大陆的中文并不好，他说"雕玉"，很多人以为他是在问钓鱼的地方。兜兜转转了4个月，他也没能找到相王弄。有一天，他在十全街上转的时候，终于有一家商店的店主听懂了他的话，便伸手往前面一指："那里就是相王弄，那里全是雕玉的。你到了，停下来，一家家用心听一下，听到里面有机器的声音，那就是做玉雕的。"

安大陆满怀希望地走进了这条小巷，寻觅着嗡嗡的机器声，仅仅走了60米，他就发现了数十个玉雕工作室。他从一家走到另一家,高兴得晕头转向,赞美着工匠们的手艺。他想,在这片玉雕的"花园"里,肯定会有人愿意帮他解开中国玉雕的秘密,并带他走上玉雕这条路,促使他成为一个大师。

于是,安大陆一家一家去敲门,一遍一遍地问人家愿不愿意收他为徒,教他玉雕。由于中文说得不好,加上那时候在相王弄做玉雕生意的人大多也有各地的较重的口音,他们的交流非常困难。一天天过去了,直到安大陆敲到第187家,门开了,门后是一位矮矮胖胖的男人——来自山东的玉雕师吴凡。看安大陆态度诚恳,吴凡微笑着把他迎进了他的工作室和他的家。

在这里,安大陆度过了他一生中最快乐的时光。

多年的心愿终于有了实现的希望,安大陆欣喜若狂。可残酷的现实告诉他,玉雕之路并不平坦。

玉雕师都是从十几岁开始学艺,到中年才能有所成就。而半路出家的安大陆,年过半百才从学徒做起,这也就意味着他需要付出超出他人百倍的努力。刚开始学艺的两年,他每天上午学习4个小时中文,下午学习4个小时玉雕,晚上还要教3个小时英文,很累,但也很充实。开始时,吴凡一直说"不行,不行",安大陆听了之后有些沮丧,但是之后又会更加努力地学习。到了第3个月,吴凡终于在一整块玉上指着一个芝麻大的小点对安大陆说"这个好"。听到老师的夸奖,安大陆开心得像个孩子一样,手舞足蹈了好久。

玉雕讲究精雕细琢,对眼力和手的稳定性的要求极高。眼

梦想天堂　玉汝于成

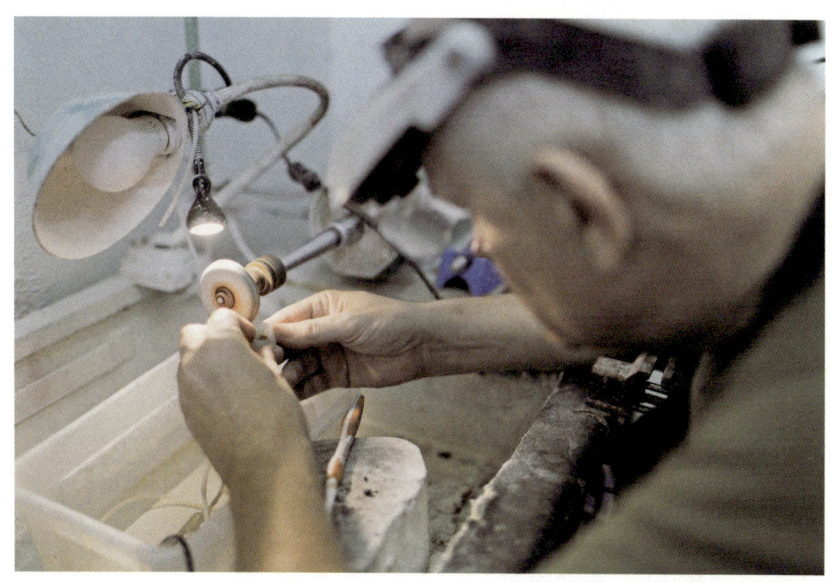

安大陆在进行玉雕创作

睛已经老花的安大陆就去眼镜店配了副最好的眼镜，有时候视线模糊了就不自觉地凑近点，经常眼镜都要贴到玉上。苏州冬天冷、夏天热，吴凡的工作室里没有空调，安大陆冬天时常一边打着哆嗦一边雕玉。每次下大雨，吴凡以为安大陆不会来时，他总是穿着雨披准时出现在工作室门口……就这样，安大陆一点一滴地把师傅的手艺学了过来。有空时吴凡还会带他逛玉石市场，教他鉴别石料来源和玉石品质。

安大陆开始学习玉雕时，吴凡都是找一些废料给他练习。觉得自己可以独立雕玉后，2010年，安大陆自己去玉石市场买了他来中国后的第一块玉石。当时，安大陆看上了一块玉，店家开价一万，安大陆就每天都过去跟店家聊天砍价，连续去了3天，最终以3000元买下了那块玉。有了这次经历，玉石市场的人也都认识了他，知道他是个识货的人。

要成为一名合格的玉雕师，安大陆要学的东西还有很多。苏州玉雕讲究一个"巧"字，玉雕师在选料时，就要构思出作品的题材，在尽量不破坏玉石天然形态和色泽的基础上进行创作，最终形成天人合一的精巧作品。这些精妙的技艺和设计让安大陆赞叹不已，他学习的同时，把西方简洁抽象的风格融入到自己的玉雕中。安大陆的第一件作品，不是简单的吊坠，不是英文或者几何体，而是把"班门弄斧"四个汉字分别雕刻在四块玉片上，镶嵌在一个木盒的四个侧面上。

梦想令人心生执念，如甘露滋润干涸的生命。安大陆说，学习玉雕，令他返老还童。他的手是老人的手，但是心是年轻的。

掌握了玉雕的基本技艺之后，安大陆的积蓄也差不多用完了。他把英国的房子租给别人，在相王弄里成立了属于自己的工作室，取名为"玉魔工作室"，因为他对玉早已着了魔。而这个名字，也是向他非常喜欢的一本中国小说《穆斯林的葬礼》致敬。

安大陆承认自己对玉的迷恋已经到了对其他事物不屑一顾的程度。"我已经把全身心都给了玉，心里再容不下别的石料了。"他说。玉有一种内在美，几千年来，全世界各地凡是有玉石的地方，人们都把它当成珍宝。它易于抛光、雕刻，可以讲述很多故事，传递很多信息，而且没有其他的石头可与玉石触及肌肤的感觉相比。他还发现，雕玉让他心里宁静："在这种天堂之石上雕刻的过程，把一块从集市上买来的石块变成一件美丽的作品，这是个美得难以言表的过程。"

在多年的磨炼中，安大陆总结出玉雕的8个步骤：第一，获得玉石；第二，切割玉石；第三，设计；第四，雕刻；第五，打磨；第六，抛光；第七，展示；第八，销售。

中国的玉文化历史悠久、底蕴深厚，光玉石的种类就有很多，大类就分山料、山水料、籽料等，虽有吴凡的精心教导，安大陆也难免会买到一些不好的玉石。不过他认为，这也是件好事，"就像你看了很多翡翠，那时你只是有一个概念，但当你花一万块钱买了个手镯，你的认识立马会提升。以后你再去看的时候，就有了比较，哪个不如你的，哪个比你的还好。我就不停地买，不停地看，慢慢地就越来越熟悉玉石了"。而他在雕刻的过程中，对于哪种玉硬，哪种玉软，哪种玉容易爆裂，慢慢地就有了体会，之后一上手就能感觉出来。由于新疆的和田籽料价格昂贵，安大陆的玉雕材料多选用俄罗斯料、新西兰料和美国料。

在安大陆看来，雕刻艺术重要的不是技法，而在于雕刻者的想法，就是设计。一位真正的大师能够将玉石被氧化的表皮、形状、颜色、透明度、裂纹、缺陷、杂质等都考虑在内，并融入设计中。安大陆曾经看到吴凡放了一个拳头大小的玉石在桌子上大约3个月。每当他问为什么还没有雕刻它，吴凡总是说还在考虑。最终，吴凡制作了一个精致的螃蟹雕刻。至于有电脑参与雕刻的作品，安大陆认为它缺乏由真正的工匠所塑造的玉的艺术性和灵魂。

"不经历风雨怎么能见到彩虹"

良工虽集京师，工巧则推苏郡。

苏州素以"苏工""苏作"闻名，从香山帮、苏绣、苏扇、缂丝、宋锦到苏裱，从玉雕、木雕、核雕到苏式家具，手工艺精巧，工匠精神独特。"苏工""苏作"在技法上源远流长，传承深厚，细腻精致，洒脱婉约，因而自古就颇负盛名，大师辈出。而苏州古代工匠留下的优秀传统并未被时间侵蚀，千百年来的技艺品牌在今天依然光彩夺目。

令安大陆尤其感到幸福的是，苏州有很多玉雕大师和非物质文化传承人，且各有特色，让他从中学习了很多。他举例说，如果要看传统的玉雕，那就去看蒋喜的作品；如果要看比较现代的设计，那就去看杨曦的；如果要看工艺特别细腻的，那就看瞿利军的；如果要看瓷器造型的，就去看俞挺的；如果要看俏雕，就去看胡锡涛的。只要看到一块玉雕非常好，他就学那块玉好的地方，学了以后雕，雕了以后玩，不停地看、学、雕。

他执着梦想的姿态感动了诸多同行前辈。多年来，安大陆和瞿利君、蒋喜、唐伟琪、黄鹤钟等玉雕大师成为谈笑往来的好友，时常交流玉雕心得。

安大陆和唐伟琪的认识富有故事性。美国每年的1到2月份会在亚利桑那州的图桑市举办奇石展销会，规模很大，也很热闹。这时候正逢中国的春节。唐伟琪的哥哥在美国。有一年，他去哥哥那儿过春节，在奇石展销会上摆了几块玉石料和一些玉雕品，那年安大陆也恰巧去逛奇石展销会，被唐伟琪摆出的玉石所吸引，两人从而相识。那时安大陆已经在苏州安家，回苏州后，他们就开始频繁联系，互相切磋。

玉雕大师黄鹤钟则是由朋友介绍给安大陆认识的。在安大陆眼中，黄鹤钟是他的良师益友，不仅和他切磋玉雕技术，还向他讲解中国传统的玉文化。安大陆的玉雕手法跟中国传统玉雕手法不一样，黄鹤钟就鼓励他说，没关系，上山的路有很多，但最好的东西在山顶。他还当安大陆采购玉石时的参谋，避免他在鱼目混珠的市面上受骗。

而瞿利军也和安大陆一见如故。当知道安大陆在相王弄的工作室房租上涨、准备搬离后，他立刻带安大陆去了大儒巷，将自己的一间工作室免费借给他用。如今，安大陆的工作室已经搬到了他夫人的英式茶餐厅里，但回忆起那3年多在大儒巷的时光，安大陆仍是满怀感激。

与此同时，安大陆的国外朋友圈也在变化，多了许多美国人、新西兰人、加拿大人、墨西哥人，多数是喜欢玉或从事玉石生意的。几年前，安大陆还邀请了10位外国朋友到苏州游玩，他们看到苏州的玉石市场之后非常惊讶。因为在新西兰只有600个人做玉雕，这个数字对他们来讲已经非常庞大，但到苏州一看，有几万人从事这一行，玉器店到处都是，玉雕作品更是让他们大开眼界。

中国玉雕技法、西方文化元素、现代设计理念的交互融合，使安大陆的作品独具韵味，极具观赏性。他的作品材料多选用碧玉、墨玉，样式多用曲线，不拘一格，散发着强烈的个人特色。

他的一件代表作品名为《轮回》，在雕刻时他将西方流畅、圆润的设计理念与中国文化结合起来，让玉石随着流线的弧度回转，形成一个自然的曲面回环图案。这些象征着永恒的圆仿佛暗示着人生无始无终，这是西方的人生哲学，也是他从玉石的温凉中学到的中国智慧。他还将西方文化融入玉雕，比如用碧玉雕刻的名画《呐喊》，用墨玉雕刻的"雷神之锤"，用白玉雕刻的

"威尔士龙"等，吸引了许多眼球。

多年的玉雕生涯里，安大陆的努力和执着让他迎来了梦想中的春天——2013年，安大陆参加一年一度的中国（苏州）"子冈杯"（第六届）玉石雕精品博览会，其作品《和谐》获得银奖。对于一个半路出家的外国人来讲，在近千名玉雕高手中崭露头角是难能可贵的。而在此后，安大陆又连连获得"子冈杯"金奖、"天工奖"铜奖以及多个国外玉雕赛事奖项。此时的安大陆已将目光投向了将中国的玉文化和玉雕艺术推向世界，同时把世界各国的玉雕相关艺术引进到中国来的事业。他希望将东西方文化的不同，用耐心和包容恰到好处地融合在一起，将玉雕搭建成中西文化的沟通桥梁。

有着在中国和西方国家多年的生活经验，安大陆深深知道中西方在玉文化上的隔阂。在英国，大多数人对玉一无所知。在中国，安大陆发现，玉在中国人心中的地位根深蒂固，大街上每10个人里至少有1人戴着1件玉首饰，其他9人可能家里都有玉器；中国首辆月球车——嫦娥三号月球车征名时，"玉兔号"得票遥遥领先，而在神话传说中，玉兔用玉杵捣药；2008年北京奥运会的奖牌设计，采用了"金镶玉"的式样；电视里有许多关于玉的纪录片，一些报刊上有专门的玉文化介绍，每年有数以百计的关于玉的书出版，博物馆里到处都是玉器的展览，中国成千上万的商店都有玉器卖……他认为，这从多个角度说明了玉文化在中国的深度和广度。而马上封猴（侯）、年年有鱼

"洋苏州"眼中的中国小康

安大陆的作品

（余）、节节高等图案背后的寓意，西方人更是难以体会。于是，他耗时数年，撰写、出版了一本自传性质的英文版书籍*Jade Life*（《玉的生活》），通过"中国的玉石产业有多大？""为什么中国人喜欢玉？""玉是什么？""翡翠是从哪里来的？""翡翠雕刻中心""软玉雕刻中心""雕刻工艺""卑微的工匠""玉石商人""玉雕的象征意义""赝品和复制品""千万富翁收藏家""购买翡翠的建议"等10多个章节的内容，向西方读者介绍中国的玉、玉雕和玉文化。

《玉的生活》的出版不但令安大陆的玉雕作品销量翻番，还使他获得越来越多邀请，到一些大学、协会、企业的活动上进行演讲或座谈。最近，他还经常周末去上海举办中国玉文化沙龙，讲解关于玉的知识，每次大约有50名外国人参与。如今，他又准备撰写一本关于玉的小说，名为《玉玺》，以秦始皇的故事为蓝本，向西方人呈现玉在中国文化中的重要地位。

除了写作，安大陆还在网上认识了加拿大玉雕艺术家布莱恩·麦希森，加入了布莱恩发起的网上世界玉雕交流研讨会并参加了玉雕赛。这场赛事吸引了200多名美欧和新西兰等国家的玉雕师，同时因为安大陆的关系，比赛还请到了一位中国玉雕大师当评委，促进了中外玉雕艺术的交流。2014年9月19日，中国（苏州）"子冈杯"玉石雕精品暨国际玉雕艺术家作品博览会首次邀请了来自新西兰、加拿大、美国等国的12位著名的玉雕大师参展，这也离不开安大陆的努力。

安大陆也欣喜地看到,虽然大多数西方玉雕艺术家的技艺与他们的中国同行相比有差距,但他们在设计上更有创意,这对中国的玉雕作品已经开始产生影响——在过去两三年里,由中国玉雕师设计的玉器开始摆脱传统的束缚,呈现更多创意。当然,这并不意味着传统的设计将会消失,它们是中国文化的一部分,很多人仍然非常喜欢并愿意购买带有传统设计的玉雕。而受邀参展的西方玉雕艺术家被他们在展览上看到的技术水平所震撼,发现了新的工具,学会了新的技术,进而改进了他们的工艺。由于西方多国艺术家的参与,中国(苏州)"子冈杯"玉石雕精品展在国际上名气越发响亮。

"我爱你,我的家,我的天堂"

对于苏州,安大陆来之前略有了解,知道它有"东方威尼斯"之称,有蜿蜒曲折的运河,有树木林立的街道,几个世纪以来一直被认为是中国的美丽城市之一。但是到了苏州,他发现它远比他想象中的更加美丽,不管是景物还是人,这让他很快就爱上了苏州。

而能够来到苏州,学习玉雕,甚至成立自己的工作室,安大陆觉得人生已经圆满了,但是没想到因为他的这份勇气和毅力,生活还给他准备了一场浪漫的爱情。

2010年,安大陆在一家咖啡馆里遇见了温婉的苏州女子金阿冬，终于体会到什么叫一见钟情。他知道这辈子自己非她不娶。但一开始，他在传统的金阿冬面前屡屡碰壁。幸运的是，渐渐地，金阿冬被他身上的执着和坚毅所吸引，最终两人走到了一起。

不过准备求婚的时候，安大陆却犯了难。比起买钻戒，他更想做一件玉雕送给她作为求婚的信物。圆形的玉镯最能够代表他与她共度余生、圆圆满满的心意；也只有洁白温润的白玉，才能够代表他那份纯洁不变的爱情。说来有趣，这时候的安大陆，连求婚礼物都已经是"中式思维"。

最难的一关不是设计，不是鼓起勇气去求婚，而是找一块合适的玉。想要找到一块称心如意的玉，原本就是来自缘分的考验。两年的时间里，他去了广州、四会、河南、石佛寺、新疆、上海等10多个地方，甚至跑到美国、加拿大和新西兰。但是，他在市场上看中的玉石都太贵，他买不起；而买得起的石料，他又看不上。最终，一位新西兰的玉雕师朋友听说了他寻玉求婚的事情后，送给了他一块羊脂白玉。

拿着这块玉，安大陆高兴得像个孩子，通常4个小时就可完成的镯子，他花了一周的时间精心雕琢。金阿冬把一切都看在眼里，被这个英国人深深地感动了。于是玉镯做好之后不久，这个总是骑着自行车在苏州大街小巷里穿行的英国人，生活中多了一位面带笑容的苏州女子。

苏州古城的小桥流水、园区的现代精致让安大陆为之着迷。他如今住在园区，每天早上，他坐在阳台上喝咖啡，俯瞰金鸡湖，心满意足。空闲时，他就骑着自行车从园区到姑苏区，看沿路的风景。或到西北街的工艺美术博物馆，远离街头小贩和汽车的噪音，进入宁静、安谧的古老厅堂，欣赏玉雕、苏扇、红木雕刻等苏州的文化瑰宝。又或者去戏曲博物馆，聆听昆曲、评弹，猜想一下苏州古代文人的生活。而更多的时间，他待在夫人开的英式茶餐厅里，那里有他的工作室和玉雕小展厅。虽然已经60多岁了，他每天仍然坚持雕刻2到4个小时，坚持学习中文和写作，练习太极拳和瑜伽。如果茶餐厅生意繁忙，他也会离开工作室，出来帮忙。他说，开一家英式茶餐厅是夫人的梦想；成立玉雕工作室和玉雕展览馆，是他的梦想。在这里，两人的梦想得以交汇、融合。

"苏州之行是一次艰难但不可思议的愉悦之旅。中国人向我展现出浓浓善意并提供了慷慨帮助——远远超出我祖国的任何人。例如，吴凡邀请我到他家，允许我进入他的工作间，让我使用他的工具，送给我未雕琢的玉石并花费两年时间教我如何雕刻——完全没有考虑任何经济回报。我不相信中国人能在伦敦找到一个愿意用两年时间免费将手艺传授给他的金匠。"安大陆说，在这里，他遇到了真挚的爱情和浓厚的友情，原本只打算在苏州待5年的他如今已经在此生活了10多年，还将更久地住下去，"如果苏州不是太好，我早就搬到别的城市去了"。跟发现玉雕之前相比，安大陆认为他现在生活在自己喜欢的地方，做着自己喜欢的事，平时接触交往的是自己喜欢的

梦想天堂 玉汝于成

安大陆在精心构思作品

人，别无所求。

苏州是一座温暖的古城，精致和古朴渗透在街头巷尾。即便喧嚣，也有着江南独有的风韵。在苏州的10多年时间里，安大陆亲身感受到苏州的巨大变化。他说，在2008年刚到苏州的时候，苏州没有轨交，难得堵车；星巴克里的人很少，还基本上是外国人；园区还有很多空地。而现在，苏州已经开通4条轨道交通运营线路，在建5条线路，四通八达；星巴克里经常爆满，基本上都是中国人，因为越来越多的人收入高了；那些空地早就变成了高楼大厦或者厂房，每天无数的人在里面辛勤工作。

人们的生活态度也在迅速改变。以前，安大陆很少见到骑电动自行车的人戴头盔，但是现在几乎每一个人都会戴。以前，吸烟的人很多，现在吸烟的人越来越少，去健身房的人越来越多。以前，安大陆刚开始慢跑的时候，遇见的清洁工和园丁经常模仿他跑步，觉得这是一件奇怪的事；现在很多人早晨起来在湖边慢跑，苏州环金鸡湖国际半程马拉松赛每年都能吸引成千上万的参赛者。

"在苏州的这些年里，我亲眼看着它实现了由一个小桥流水人家的古城到现代化大都市的变迁，这让我非常震撼和高兴。我也将继续把玉雕艺术搭建成中西文化的沟通桥梁。"安大陆说。

苏州不产玉，却因精湛的雕刻技艺成为中国玉器的集散中心之一。苏州不排外，引得国内外人才蜂拥而来，连续8次入选"外籍人才眼中最具吸引力的中国城市"。苏州阔步再出发,不断为全国改革开放和现代化建设贡献新经验,为国内国际双循环新发展格局探索新方案。

"上有天堂,下有苏杭。"在安大陆看来,苏州,就是他梦想中的天堂。

"幽默先生"的港城奋斗史

胡默

Michel Houmard

男，瑞士籍，瓦克化学（张家港）有限公司大中华地区营运副总裁。他把责任关怀理念带入张家港，引进瓦克德国职业教育的先进理念，提升了张家港的职业教育水平。2017年荣获"苏州之友荣誉奖"。

He is the Swiss Vice President of Wacker Chemicals (Zhangjiagang) Co., Ltd Greater China Region. He brought the concept of responsibility and care into Zhangjiagang and introduced advanced vocational education philosophies of WACKER Germany, which improved the level of vocational education in Zhangjiagang. He was awarded "Friend of Suzhou Honor Award" in 2017.

【题记·话说小康】

"干净卫生的城市环境，开放包容的城市气质和文明友善的张家港人民深深吸引着我。我一下子就喜欢上了'文明张家港'。我去过中国很多城市，但张家港是我认为比较美的地方。张家港的美不仅在于外在'颜值'，更在于争先奋进的'张家港精神'。"

"中国有句话叫'患难见真情'，疫情期间，我们深切地感受到了张家港政府对我们的关心和帮助，在国际国内宏观经济走弱的形势下，张家港生产基地仍然在上半年取得了稳定增长的成绩。事实证明来到张家港是一个正确的选择。"

——胡默

引子

张家港，扬子江边的耀眼明星，一座比肩欧洲城市的中国新兴城市。

慕尼黑，多瑙河畔的闪亮明珠，一座众所周知的德国工业重镇。

在中国改革开放的时代洪流中，一次偶遇，一次牵手，一次碰撞，都能汇聚为奔涌的浪潮，激荡出灿烂的浪花。

当张家港"偶遇"慕尼黑，当扬子江"牵手"多瑙河，工业文明尽情绽放，东西文化交相辉映。这是时代发展的注脚，这是小康中国的印迹。

胡默（Michel Houmard）来自瑞士，现任瓦克化学大中华地区营运副总裁，来到中国16年，在张家港工作8年。由于职业习惯，胡默平时看起来总是一副严肃的面孔，可说起话来很"humor"，人称"幽默先生"。"我是个'70后'，还很年轻，就像张家港这座城市一样年轻，充满活力。"他与人第一次见面的开场白，一下子拉近了彼此的距离，果真人如其名。

瓦克是中国经济社会巨变的见证者、推动者。胡默是中国改革开放腾飞的参与者、奋斗者，也是追寻自我、放飞理想的耕耘者、实践者。瓦克和胡默的创业故事，恰是波澜壮阔的"中国故事"的精彩一笔。逐梦小康，圆梦港城。说起自己和中国、上海、张家港的点点滴滴，胡默无法沉默。

江边农田和世界巨头

幽默、亲切，一口流利的中文，已经入乡随俗的胡默，可谓是人见人爱。

谈起张家港，胡默更是难掩溢美之词。像"张家港精神""文明张家港"这样的城市招牌，在他的话语中，分量很重。他的原话是这样的："干净卫生的城市环境，开放包容的城市气质和文明友善的张家港人民深深吸引着我。我一下子就喜欢上了文明张家港。我去过中国很多城市,但张家港是我认为比较美的地方。张家港的美不仅在于外在'颜值',更在于争先奋进的'张家港精神'。"

听着胡默娓娓道来,言语间透露着"反客为主"的归属感。

这份归属感,可以理解为超强的价值认同,更是个人、企业、社会同频共振的美妙音符。

慕尼黑和张家港,扬子江和多瑙河,瓦克和胡默,故事的起点在2004年。

那一年,在张家港保税区一片种植花生的农田里,瓦克化学张家港基地打下了项目建设的第一桩。

也是在这一年,瑞士人胡默作为一家外资企业的生产主管,踏上了中国的土地。当时的他自然不会想到,8年之后,他会和这座江南小城结下不解之缘。

彼时,中国化工产业正从最初级的尿素、甲醇、轮胎向工程塑料、有机硅等中游化工品转轨,庞大的市场潜力吸引了众多国外化工企业来华,总部位于德国慕尼黑的瓦克化学便是其中之一。

创立于1914年的瓦克化学是当之无愧的化工巨头,经营业务分为有机硅、聚合物、多晶硅和生物科技四个板块,拥有在欧洲、美洲和亚洲等地区的20多个制造工厂以及在全球设立的100余个销售办事处。

有一张老照片显示,早在1926年,瓦克化学的产品就已借助经销商的力量输入到中国。1978年底,改革开放开启了中国发展新的历程,我国化工行业从此站在了新的起点,而瓦克化学也紧抓机遇,正式拓展大中华地区业务。

1993年,瓦克化学就正式进入中国市场,设立销售代表处,并逐步发展成为一家集本土研发、生产和综合服务等各项功能为一体的综合性化学公司。

经过数年的探索,在确立了中国内地的重要战略地位后,2003年,瓦克化学在上海设立中国总部。仅仅一年之后,瓦克张家港基地就破土动工。

"张家港通江达海的区位优势与张家港保税区作为中国第一批内河型保税区的政策优势相互叠加,对瓦克形成了巨大的吸引力。"胡默说。

刚刚跨入21世纪,张家港保税区方兴未艾,扬子江国际化学工业园也正处于初创期。瓦克的到来为整个园区的发展添上了浓墨重彩的一笔。

在建厂伊始,瓦克集团便依照德国总部生产基地产业链闭环的发展模式,为张家港生产基地未来20—30年的发展确定了相应的规划。并在接下来的10余年中,完成了有机硅中上游的产能布局。

一张蓝图绘到底,彰显出瓦克扎根张家港奋斗创业的信心和底气。随着世界级规模的瓦克张家港有机硅综合生产基地的建成，瓦克化学在中国市场的业务有了质的飞跃。2010年，瓦克大中华区销售额首次超过"大本营"德国，从此成为该集团全球第一大单体市场。而这其中瓦克张家港基地功不可没。

2012年，胡默就任瓦克化学（张家港）有限公司大中华地区营运副总裁，进入张家港工作。当时摆在他面前的第一个发展难题就是物流不畅。

"随着基地生产量逐渐增加，基地工厂的仓库已不够储存，使用外仓的面积相应增加，这不但导致企业生产成本居高不下，也带来了产品存储运输过程中的安全隐患。"胡默说，"中国的化学品市场不仅是全球规模最大，也是要求最高的市场之一，在这样一个竞争激烈的环境中，不断改善服务质量和控制成本，满足客户严格的要求便极为重要。"

紧接着，物流中心项目建设的计划被提上日程，2014年正式开工建设，一年之后建成投用。这个物流中心的核心设施是一个占地4000平方米的高架仓库，可对所有出入货物进行全电子化记录，并通过一套计算机辅助仓库管理系统将物品分配到9000个托盘位。

"这个新的物流中心使我们不再需要使用基地周围的外部仓库，从而避免了高昂的费用和操作的复杂性，同时提高我们对客户发货的准确性和可追溯性。"胡默说。新物流中心的启用使得瓦克有机硅产品的供货更加迅速灵活，高架仓库还能够为瓦克生产经营的进一步增长提供足够空间，计算机辅助仓库管理系

胡默在瓦克公众开放日给张家港第一职业中学
化工专业的学生讲解责任关怀理念

统也有助于小批量专用化学品的处理。

"张家港保税区对这个项目非常重视，在共建资源、项目审批等方面给予了大力支持。整个项目仅用一年时间就建设完成，我第一次见识到了'张家港精神''张家港速度'。"时至今日，谈起这个项目的推进，胡默依旧感慨万千。

这一次的亲密合作，让张家港成为瓦克化学在中国追加投资的首选之地。

到了2017年，中国市场对硅橡胶的需求十分强劲，胡默敏锐地嗅到这一商机，积极向总部建议，推进硅橡胶项目在张家港落地。"把瓦克德国高技术含量的硅橡胶产品转移到张家港生产，进一步增强本地化生产，贴近本地客户，快速响应市场，将为瓦克在中国的业务发展提供强有力的支持。"胡默的建议得到了瓦克集团总部的认可，为这一项目的推进安上了加速器。

去年6月，瓦克在张家港生产基地新建的有机硅弹性体生产线正式启动。该生产线年产硅橡胶达数千吨，可为瓦克今后在中国乃至整个亚太地区的高温硫化硅橡胶产品供应提供有力支持。

这一投资金额达数千万欧元的扩建项目，彰显了瓦克对中国市场的郑重承诺，更书写出产城联动的发展传奇。"扩建工厂的落成不仅是瓦克在拓展中国业务道路上的又一重要里程碑，同时也展现了我们进一步开拓并服务于中国及亚洲市场的坚定决心。"胡默说。

准确把握客户、市场需求，不断寻求新的发展机遇。在胡默的大力推动下, 瓦克张家港基地驶入发展快车道。2019年, 该基地销售收入超过20亿元人民币。

2019年始, 瓦克开始着手有机硅下游产品产能的布局, 计划通过10—15年的持续投资和建设, 补齐有机硅下游高端产品的产能空缺, 建成完整的有机硅产业链闭环, 将张家港基地建设成具有国际领先水平的有机硅生产基地。"随着消费的升级, 中国消费者对美好生活的需要日益广泛, 对物质生活也提出了更高要求, 这对于瓦克化学而言是机会。而且中国还在继续扩大对外开放, 投资环境日益改善, 我们对在中国的发展充满信心。"

然而, 天有不测风云。2020年初, 新冠肺炎疫情突如其来, 企业生产经营遇到巨大压力。在疫情最严重的那段日子里, 张家港保税区一直与企业密切沟通, 指导企业按照国内的防疫要求做好各项防护措施。张家港保税区也积极为企业筹集防疫物资, 组织员工返港返工。瓦克张家港基地连续生产没有间断。

"中国有句话叫'患难见真情', 疫情期间, 我们深切地感受到了张家港政府对我们的关心和帮助, 在国际国内宏观经济走弱的形势下, 张家港生产基地仍然在上半年取得了稳定增长的成绩。事实证明来到张家港是一个正确的选择。"胡默说。

城市精神和企业价值

走进瓦克张家港基地, 绿树成荫, 空气清新, 环境优美整洁,一改人们对化工企业烟囱林立、气味刺鼻的刻板印象，是个名副其实的花园工厂。

"每一个员工都希望在一个舒适的环境中工作。"胡默说，"企业的发展不仅仅是为赚取利润，同时还承担着对员工、消费者、社区、环境的责任，强调生产过程中对人的价值的关注，这就是企业的价值观。"

为此，胡默在瓦克大力推广健康促进活动，以"健康饮食搭配""心脏病预防""关注脊椎"为主题，共开展了三次健康促进活动。通过主题活动的开展，员工认识到健康的重要性，时刻关注自己的健康。

除了关注员工的身体健康，胡默还非常注重人才培养。

瓦克在张家港有5个生产工厂，此前定人定岗，人员流动性不大，员工发展空间受限。胡默便主动发起多技能和跨工厂技能项目，鼓励员工在多岗位，甚至各厂区流动轮岗，通过奖励多技能和超技能员工，激发一线员工自我驱动的职业发展能力。

对于化工企业来说，生产安全是生命线。"化学品本身是用于提升人们的生活品质的，而不应该带来危险和伤害。"作为主管生产运营的副总裁，胡默对于企业的安全运营非常较真。即便是像"上下楼梯拉好扶手"这样的小事，他都要亲自督促。"上下楼梯的安全看起来是小事，但也会给员工带来安全风险。"胡默在张家港基地推行"楼梯安全"项目，每个楼梯口都张贴着"拉好扶手"的警示标语，他专门安排安全人员在楼梯口进行不定期的抽查。他自己看到有人不拉好扶手，也会主动上前去提醒。"安全不是一个人的事情，我希望每个人都成为监督者。"胡默说，"上下楼梯拉好扶手，看起来是小事，却是我们每个人每天都会遇到的场景，也是每个人都可以做到的安全行为。通过不断地强调，让大家时刻绷紧安全这根弦，在工作中才不会漏掉任何一个安全细节。"

在张家港工作的这些年里，胡默积极推动生产工艺的改进完善，将安全风险降到最低。每年的生产安全日活动，他鼓励每个工厂和部门自选主题，通过分享会的形式，互相查找安全漏洞，展示工作成效。2019年，一年一度的安全日变成了安全月，主题为"隐患排查，从我做起"。物流车辆安全风险识别，生产隔离以及维修作业隐患排查，作业票隐患识别，实验室风险识别，生产现场隐患排查……从生产到物流，从质量到工程，各个部门参与其中，一系列安全主题活动让安全生产的理念深入人心。

"作为一家全球运作的化学公司，瓦克公司注重经济、生态和社会目标三者之间的均衡发展。我们认为，可持续发展是全球经济增长和成功的原动力，是跨国公司在全球经济范围内维持生存并承担企业的社会和环境责任的唯一途径。"在张家港基地，胡默说的最多的四个字便是"责任关怀"。

"责任关怀"是构建社会对化工的信任，是人们过上更健康、更高水平生活的行动计划，是减少环境、安全和健康事故的可持续发展理念。瓦克是《责任关怀全球宪章》的签署者。2008

"洋苏州"眼中的中国小康

胡默给张家港保税区企业的员工做工艺安全培训

年5月,瓦克化学中国成为首批加入《北京宣言》的24家国际化学企业之一,强调在中国对责任关怀的承诺,以高于法律的标准保护环境、员工和社会。

瓦克坚定奉行的这一理念,也充分地体现在张家港综合生产基地的建设和运行过程中。基地采用了先进的环境健康安全(EHSS)实施体系和综合性生产技术,这种综合性生产技术不仅有助于削减物流成本和提高生产效率,而且大力促进节能减排和对生态环境的保护。

胡默不仅在自己公司内部积极推进责任关怀,还在中国化工行业推广责任关怀。2014年初,他把责任关怀理念带入张家港保税区政府,积极指导并协助张家港保税区安全环保局建立责任关怀机构。受张家港保税区的委托,胡默牵头协调各方,请来国外专家在张家港保税区举办了多期"工艺安全——HAZOP危险与可操作性培训",介绍化工行业的重点危害及其相关的基础知识,以帮助张家港保税区内包括外企和本土公司在内的化工企业学习实践,共同提高。他还亲自给张家港保税区69家企业做工艺安全培训,并协助当地企业——长顺集团提高安全管理水平。

"责任关怀是化学工业界整个供应链的化学品安全管理的重点,因此不仅要在生产环节做到安全环保,而且从最开始的原材料供应到运输再到产品的加工应用,各个环节都要严格把控。即便是我们的供应商,如果在化学品运输的过程中,存在超载现象而引发安全问题,我们也会去关注,并及时纠正。"胡默说。

瓦克还积极开展责任关怀开放日活动，旨在向更广泛的公众传达全球化工行业所倡导的安全、环保和健康的责任关怀理念，推动中国化工行业建立新形象。自2009年至今，瓦克共举办了8次公众开放日活动，其中有6次和张家港保税区合办；主题涉及化学与环境共创可持续发展的未来，人人参与环境保护，共同践行绿色生活，与安全同行，和幸福相伴，生命至上，安全发展，责任关怀等。

"公众对于化工行业的信心，在很大程度上取决于企业如何宣传和实践它们的安全理念。当大家有怀疑的时候，唯一的解决方法就是透明和开放。"胡默说，"我们邀请政府部门，高中和大学的老师、学生和家长，当地社区，周边化工企业。开放日活动不仅让我们能够有机会展示瓦克对安全和环保的承诺和努力，而且能够增进企业和社区间的了解，促进社区的和谐发展。"

"试想一下，如果一个人开车在社区里呼啸而过，而根本不去管你的孩子是否在路边玩耍，那么他根本算不上好的社会一分子。企业也一样，必须成为好的公民，不能从街道上呼啸而过，你是社会中一分子，为人们提高生活质量、保护自然做出更多贡献，这样人们才会相信你。"胡默说。

2012年3月，张家港市启动"学雷锋·志愿服务伙伴计划"。以"关爱他人、关爱社会、关爱自然"志愿服务项目为中心，政府、企事业单位、志愿者团队作为基础合作方，结成平等的合作伙伴关系，携手开展志愿服务活动。得知张家港的志愿服务伙伴计划

"幽默先生"的港城奋斗史

胡默的工作形象照片

后,胡默安排人员主动与当地主管部门取得联系,表示愿意资助志愿服务项目。"保护环境、绿色发展,是瓦克一以贯之的发展理念,这一点和'绿衫军'不谋而合。"就这样,在胡默的推动下,瓦克与"绿衫军"成了志愿服务伙伴,不但给予资金支持,还积极倡导瓦克张家港基地的员工也成为"绿衫军"的一分子。

基于他在责任关怀领域的突出贡献,2018年,胡默获评"苏州市荣誉市民"和"苏州之友荣誉奖"。"能得到苏州这座美丽城市的认可,我十分荣幸。这份荣誉不仅属于我个人,更属于瓦克每个为责任关怀做出贡献的人。"

外企高管和职教老师

在张家港市第一职业中学的实验室,来自德国博格豪森职业学校的老师正带着学生们做化学反应工艺试验。

对于张家港市第一职业中学的学生们来说,这只是一堂普通的实验课,可这背后却凝结着胡默这位外教多年来的努力和付出。

"中国化学工业未来的发展,不仅要靠化工企业的努力,更取决于教育的品质。"正是带着这样的责任与使命,从2014年开始,胡默积极与张家港保税区和张家港市第一职业中学对接合作,实施化工人才培养项目,意在解决张家港地区化工专业人才紧缺的问题。

在项目建设过程中，瓦克提供项目工程技术支持，采用德国化工专业教学标准和项目化教学方法，实行"工学结合"教学模式，培养新一代的化工专业人才。

在项目建设过程中，胡默多次当起了"媒人"，前往德国博格豪森职业学校，为张家港市第一职业中学牵线搭桥。

在学校建设项目和实验室建设过程中，也经常能看到这位外企高管和中国的职教老师坐在一起，探讨课程体系建设。

学校实验室的建设，他更是亲力亲为，从设备采购到实验室搭建，再到技术信息比对，胡默拿出了管理企业的那股子认真劲，一砖一瓦垒起了国内职业教育领域中高等级的化工实验室。

2016年5月，项目一期工程完成。胡默正式当起了外教。一方面他将责任关怀理念带入学校，让学生在真正踏入社会工作前形成责任关怀意识；另一方面他引入德国职业教育的先进理念和实践经验，从而提高了张家港职业教育水平，为张家港当地化工企业培养优良的人才。

胡默既是老师，也是督导，他会像中国的老师那样趴在实验室的门缝观察学生的上课状态，并用照片和视频做记录，反馈给学校老师，以便进一步改进教学方法。

为了给学生们带来最好的学习内容，他不但会邀请德国博格豪森职业学校的老师到张家港现场授课，还发动张家港保税区化工园区企业中质量管理的专业技术人员轮流去学校进行指导。

"整个张家港保税区有数十家化工企业，企业中的专业技术人员有上百人，这些人都具备熟练的操作技能和处理复杂问题的能力，相信这些外聘教师能给孩子们更多帮助。"

他还召集各生产基地工厂的厂长们讨论并制定详尽的学徒实习计划，安排学生在生产车间和实验室进行学习，以便他们能够近距离地接触化工企业生产一线和实验室的工作，熟悉实际运作流程。

胡默发现，大多数职业学校的老师并没有任何真正的制造工厂中的工作经验，而老师的专业知识和实践操作经验直接关系到教学质量，对专业人才的输出质量有着很大的影响。

于是，胡默又在瓦克张家港基地制订了详细的培训计划，为学校化工班老师提供在瓦克硅油工厂实践学习的机会。2019年，张家港市第一职业中学的两位老师就在瓦克张家港基地进行了3个月的脱产实践。"我们在学校是老师，到了工厂就是学生，这段时间内的跟班学习，让我们对化学反应工艺、DCS控制系统、基础设备维护、产品生产控制流程、产品贴标及包装、工厂安全与质量检查等知识有了更深刻的理解。"参与此次培训的一位秦老师说，"瓦克严格的安全环保和操作规章制度让我们印象深刻，我们把企业实践所学带入到教学和管理中，让学生们学到更多课本上没有的干货。"

"我们希望通过培训帮助张家港中等专业学校老师建立起一套完整的日常化学生产实践经验。"胡默说，"希望能够帮助学校进一步扩大教学范围、提高教学质量，从而为本地区提供更多满足企业实际需求的专业化工人才。"

双城往事和同城时代

上海，是国际化大都市；张家港，是现代港口工业城。因为工作的关系，穿梭于双城之间是胡默的日常状态。

透过车窗，窗外的景物飞速划过视线，滚滚的车轮触摸着城市发展的脉动，让人思绪万千。

"还记得刚到张家港的时候，只有一条高速连接上海，还经常会拥堵，交通很不方便，很大一部分时间都耽搁在了路上。可现在，三条高速大通道打通了张家港的对外交通瓶颈。特别是今年沪苏通铁路通车，让我往返两地有了更便捷的选择。"胡默说，"所谓小康，也许就是让城市变得更美好，让生活在这里的人们更幸福。"

在胡默看来，瓦克张家港基地所在的张家港保税区，正是中国改革开放到全面小康的微缩样本。

1992年10月，沐浴着改革开放的春风，张家港保税区横空出世。28年间，张家港保税区以万里长江一往无前的气概，在改革开放的大潮中浩荡前行，努力把改革红利转化为营商红利。而作为较早一批进驻张家港保税区的外资企业，瓦克正是红利的受益者。"'无事不扰，有求必应'，用这八个字概况张家港保税区的营商环境最恰当不过。这里优质的营商服务为我们创造了一个非常好的、可预期的投资环境。"胡默说。

让胡默感觉舒心的不只是营商环境，还有这里越来越美的生态环境。距离瓦克张家港基地不到2千米的"张家港湾"是胡默每次来张家港必到的"打卡"点。

全长12千米的张家港湾，是长江入海前的最后一道超过90度的大弯，也因此被称为"江海交汇第一湾"。过去这里工业码头围江，散乱污遍地，让人们临江难近水。

而就在2019年，一项民生工程让张家港湾迎来高光时刻。9千米生产岸线全部调整为生态岸线，建起湿地公园，补种绿化，重塑江景，成为张家港践行长江大保护，实现绿色发展的新地标。"在张家港保税区这样一个工业区内，能有如此魄力开辟这样一块生态空间，是让人钦佩的。"胡默说，"作为张家港保税区内的企业，瓦克更要有责任担当，把绿色、安全发展放在第一位，像呵护眼睛一样，呵护这里的生态环境。"

而让瓦克更加期待的，还有在长三角区域一体化时代背景下，沪张两地协同发展带来的新机遇。2020年7月1日，沪苏通铁路开通运营，"地无寸铁"的张家港一跃迈入高铁时代，在轨道上的长三角中占据"C位"。"融入长三角一小时都市圈给张家港带来的不只是交通的便利，更是同城时代人才交流，资源共享新的想象空间。"胡默说。

跨山越海　追梦琴川

戴慕瑞

Murray Dietsch

男，澳大利亚籍，奇瑞捷豹路虎汽车有限公司总裁。领导企业推动奇瑞捷豹路虎五款产品投产上市，为常熟乃至苏州的经济社会发展做出了突出贡献。2016年被评为"常熟市荣誉市民"，2017年荣获"苏州之友荣誉奖"，2019年获"江苏省五一劳动奖章"。

He is the Australian President of Chery Jaguar Land Rover Automotive Co., Ltd. Under his leadership, five models have been successfully launched, making significant contribution to the economic and social development of Changshu and Suzhou. He was awarded "Honorary Citizen of Changshu" in 2016, "Friend of Suzhou Honor Award" in 2017 and "May 1st Labor Medal of Jiangsu Province" in 2019.

跨山越海　追梦琴川

【题记·话说小康】

　　"对于生活在这里的人来说……他们并没有发现增长是如此之快,他们习惯了这样的增长……我努力向人们解释,中国的变化速度比世界上任何地方都快10倍。"

　　"常熟最大的变化是发展的速度和发展的水平。不仅仅是常熟,在中国的各地都是如此。如果对方不在中国,我将很难向他们描述中国的变化速度之快。"

——戴慕瑞

引子

　　从澳大利亚到英国,从印度到美国,再从美国到中国,带着汽车梦想的澳大利亚人戴慕瑞,跨过高山,越过大海,足迹踏遍大半个地球。

　　但在中国,在苏州,在常熟,他以自己的视角观察,以自己的亲身经历追逐梦想,同时见证了中国翻天覆地的变化,见证了常熟的日新月异,见证了苏州建设高水平全面小康的坚实印记。

万里画卷，梦开始的地方

20世纪80年代。

澳大利亚昆士兰州，布里斯班。

穿越黄金海岸，乘坐短程渡轮即可抵达的摩顿岛或北斯德布鲁克岛，这里阳光充沛，有世界上最好的湿地。

海边的一个小农场里，一个金发碧眼的七八岁的孩子正坐在车库的地板上，修理着一些小工具。他笨拙地把东西搬来移去，专心致志的模样非常可爱。他对机械的着迷，让他完全沉浸在自己的梦想世界里。

5500千米以外，中国，常熟。

清晨，人们在铺着青石板的小街上忙碌着，弄堂口煤炉里的火苗被扇子扇得很旺，充满着生活的朝气。吃完早饭的人们推着自行车出门，熙熙攘攘地匆匆去乡镇企业上班，清脆的车铃声与厂门口嘹亮的计时铃声，在周边的田野上回响，久久不散。

没有车辆的喧嚣，只有琴川河的水淙淙地流淌；没有林立的高楼，只有方塔默默俯瞰着小城。

历史上，常熟以"小桥、流水、人家"的典型江南风景著名。

"五浦注江，亦若琴弦"，常熟还有个别致的名字，叫"琴川"。

家家屋前宅后种竹，在摇曳的竹影里，女人们纺纱、织布、缝衣服、做花边……男耕女织，溪居自然。现属碧溪街道的浒浦是历史上有名的渔港，渔民进长江、入东海，撒网捕鱼，谋生于风浪之中。这里接纳了一批又一批外地迁徙而来的渔民,多元文化相互融合,成为常熟人文精神的一部分。

"民亦劳止,汔可小康。"

衣食无忧、平安幸福的生活,是千百年来中国人的期盼与向往。20世纪80年代初,中国改革开放总设计师邓小平同志的苏州之行,极大地增强了他对中国实现小康目标的信心,并丰富了他的小康社会思想。苏州此后的发展,使这座城市不仅成为小康社会理论的印证之地,更成为小康社会实践的成功典范。

短短几年,常熟乡镇工业经济呈现爆发式增长。1985年,习仲勋同志为"碧溪之路"题词。1986年,碧溪镇村工业企业达107家,工业总产值1.62亿元,比1978年增长9.5倍。

"碧溪之路"走的是一条新型城镇化道路——农民离土不离乡,进厂不进城,推动了常熟乃至整个江南地区走上了一条"农转工"的发展道路。这一改革开放初期中国农村的创新性实践,成为领先全国发展的"苏南模式"的重要源头。此后,乡镇工业快速发展,常熟因此成为中国乡镇工业的发源地之一。

时光弹指而逝,仿佛打开了一幅画卷。

没有人会猜到,时代的画笔竟然把那个热爱汽车的小男孩,与相隔甚远的中国江南历史文化名城常熟联接起来,画得如此浓墨重彩,如此波澜壮阔。

"洋苏州"眼中的中国小康

戴慕瑞对未来充满希望

完美融合，有梦很幸福

20世纪90年代。

从澳大利亚昆士兰科技大学毕业的戴慕瑞兴高采烈，踌躇满志，因为他拿到了电子电气工程学位。更让他开心的是，他入职著名的福特汽车公司，当上了一名电气工程师，可以将自己的所学与对汽车的兴趣结合起来，他觉得这个开端很完美。

1990年1月15日，戴慕瑞第一天上班。之前，他17岁的时候，就买了第一辆车。那时，他就开始改装发动机和变速箱，能改装的都尝试着改装，积累了大量的汽车设计、维修经验。

入职之初，戴慕瑞是一名工程师。后来，他做过很多不同领域的工作，如电气工程师、机械工程师。在做工程师的那些日子里，除了电气工程外，他还负责过发动机和传动部门，管理过底盘业务。这些经历，为他积累了工程师的经验。对汽车事业的热爱，让他兢兢业业、乐此不疲。

那时，戴慕瑞的口头禅是"好的，我来做这件事"。尽最大的努力勤恳工作，不仅让他得到同事的认可，而且还为日后的发展积累了更多的机会。后来，他离开了产品部门，去IT部门工作。在IT部门，戴慕瑞工作了两年，升任IT部门经理。

离开IT部门后，戴慕瑞回到制造部门工作，虽然有些已超出了他的专业范围，但这些全新的工作经历，给了他以前从未有过的收获。认真负责的工作态度和丰富的业务经验，让戴慕瑞获得了一个层级相对高的工作任务——管理一条汽车生产线和整个产品项目。

他的事业和视野进入一个新层次。

在澳大利亚墨尔本设计和开发汽车,在印度和中国制造。戴慕瑞在文化迥异的背景下如饥似渴地学习着,风驰电掣地追逐着梦想。

追逐梦想的,不止是戴慕瑞。

跨越大海,世界的东方,一场震撼全球的改革开放也拉开了大幕。

面对全球经济一体化的大潮,1990年浦东开发开放的重大决策落地,上海成为中国乃至东亚地区的经济增长极。

苏州常熟,距上海不到100千米,最先被这股开放的风气影响。

在乡镇企业蓬勃发展的辉煌成就面前,常熟人并没有固步自封。从1993年到1998年,常熟实施两轮镇村企业改革,明晰产权主体,建立起符合市场经济要求的经营机制,全面推动了经济再上新台阶。这对苏州,乃至整个长江三角洲的乡镇发展模式都产生了深远的影响。

以工补农、城乡融合、共同富裕的发展之路,向远方铺展。

"亦工亦农"的发展路径,为常熟进一步的发展奠定了坚实的基础。其源头便是解放思想,它突破了旧观念、旧模式的束缚,变"搞农业"为"亦工亦农"。这一思想的大解放,推动了发展方式的大转变。

正如戴慕瑞后来提到的，"你不可能完全了解，一个人从职业生涯开始到一个公司总裁的全部经历。你只需要知道，他会竭尽全力去做每一件事情，并努力做到极致"。

梦想的可贵，在于它不仅是令人心动的旋律，更是引人奋进的动力。因为有梦，个人的命运与时代的发展变得如此相契相融；因为有梦，才能抓住时代所赋予的机会。

奋进旋律，梦想之光在东方

戴慕瑞在墨尔本的福特汽车公司工作时，生产的产品是福特嘉年华。他经常去印度考察生产设施，也曾定期来中国。对于西方世界眼里神秘的东方古国，戴慕瑞充满了好奇：这是一个什么样的国度？这里的人们生活是什么样的？这里是否也能制造汽车？

曾经在澳大利亚、印度、英国、美国和日本工作过的戴慕瑞觉得，这些国家的人不同，文化也不同。理解不同的文化需要一些时间，然后，才能根据不同文化进行有效沟通。

2002年初，戴慕瑞的第一次中国之行，就让他一下子爱上了中国。

2002年至2004年间，他几次到访重庆，美味的饮食、美丽的山城让他流连忘返。2004年，为了福特嘉年华在中国的合资生产项目,他第一次来到南京,六朝古都的沧桑、秦淮河畔的风景让他沉醉。

在中国,他看到日新月异的变化,看到巨大的汽车市场。他觉得,梦想之光在东方闪耀,而这个在亚太地区工作的机会,他一定要紧紧抓住。

2005年底,戴慕瑞在印度设计、开发并推出了一款全新上市的福特嘉年华,销售很好,在很长一段时间内,它都是南亚次大陆极畅销的车型之一。因为有在印度和中国工作的经验,在捷豹路虎计划成立合资企业时,戴慕瑞当仁不让地被选派到这个项目之中。

合资企业成立之前,从2011年初开始,当捷豹路虎在做合资计划时,戴慕瑞已在英国参与合资企业的部分活动。作为路虎汽车生产线总监,戴慕瑞的职责是全球性的。所以他花了很多时间组建团队,以帮助新设计的车型投产上市。

事实上,有很多来自捷豹路虎的同事都曾经与戴慕瑞一起工作过。"我熟悉很多同事。我了解未来的这家合资企业,当总裁问我是否有兴趣来常熟管理这家合资企业时,我恰好想要对自己的工作和生活做出一些改变。于是,我没有迟疑就答应了。"

戴慕瑞觉得,根据他以往的工作经验,这一切的发展似乎顺理成章。作为一名产品线总监,他负责运营过捷豹路虎的各种业务。而到在中国成立的这家合资公司工作,对他而言是一个机会——不仅仅是管理部分业务,而是管理整个公司。

　　"我喜欢和大家在一起工作。因此,对我来说,来中国、到常熟工作是一个非常好的机会。"戴慕瑞说。

　　对常熟来说,多年的高速发展,让这片热土处处是工厂,处处在扩张,城乡的边界变得日渐模糊,存量空间也日渐稀缺。经历了投资驱动、增量驱动的"摊大饼"式发展,这座美丽的江南古城开始寻求新的突破路径。

　　踟蹰而行,路在何方?

　　全力推进由要素拉动向创新驱动转换,将科技作为引领发展的主引擎。

　　从传统的纺织服装到先进制造、高端装备,常熟的产业朝着"轻重协调、由低转高"的方向加快调整结构。既要做强"大块头",还要培育"小巨人",最大限度激发经济活力。

　　梦想之光,光芒万丈。因为对梦的向往,因为对幸福美好生活的向往,人们的蓬勃热情激荡奔涌,突破遏制,劈波斩浪。

相逢有缘,发展奇迹照进梦想

　　2015年,戴慕瑞第一次来到常熟。

　　相逢就是有缘,他对常熟的第一印象很奇特,感觉是那么亲切,那么熟悉,就像在澳大利亚昆士兰州的布里斯班一样,这里的人淳朴,这里的景色优美,这里的感觉像家乡。

　　他用世界的眼光审视常熟。以中国的标准,常熟只是一个县级城市。如果在澳大利亚，它可能是第二大城市，因为墨尔本只有400万人口。他认为，比起他去过的一些国际大城市，常熟有自己的特色和风格，非常美。

服装产业一直是常熟传统优势产业，曾经达到千亿级规模。随着时代发展，服装产业面临的是生产力过剩和劳动力成本上涨的问题，传统的商贸模式受到电商、快时尚、柔性生产等因素的冲击。

富庶的常熟也在思考产业转型升级。

中国的汽车产业起步较晚，而且起点较低，聚集效应也不强，正因如此，具有"后发崛起"优势的中国，也是新兴市场的产品和品牌最好的试验田和发源地。毫无疑问，对于引入汽车产业，常熟非常积极。在此之前，华东汽车、中欧房车、捷达消防车3家本土的特种整车企业的入驻，让常熟拥有在全国所有县级市之中独一无二的产业基础。

2012年11月18日，奇瑞捷豹路虎汽车有限公司在常熟经济技术开发区奠基，这让常熟搭上了汽车产业发展的高铁。

公司由奇瑞汽车股份有限公司和英国捷豹路虎汽车共同出资组建而成，总投资额为109亿元，合资双方股比为50：50。除了整车生产制造外，合资公司还将建设联合研发中心、发动机工厂。合资公司将生产捷豹、路虎品牌产品以及发动机产品，是国内首家中英合资的高端汽车企业。

从服装的"中国制造"到汽车的"中国制造"，瞄准新兴产业，紧盯自主创新，常熟加快实现了"产业低端"向"产业高端"的转变，初步形成了以制造汽车整车为主导、研发创新为引擎、核心零部件为支撑的产业框架，汽车产业在常熟未来发展中将成为最有增长潜力、最具竞争活力的支柱产业，成为展示常熟城市形象的靓丽名片。

奇瑞捷豹路虎有限公司成立仅2年时间，就建成了年产能13万辆的生产基地。

奇瑞捷豹路虎项目在常熟的落户，进一步推动了常熟汽车产业的快速发展，为常熟乃至苏州地区产业结构的调整和转型升级注入新的活力。

转型升级，必然要有适当的战略选择。

从2014年11月底首款车型的量产到2018年4月公司迎来第20万辆整车下线，仅用了43个月。至今，公司已先后导入了5款车型。

这期间，担任奇瑞捷豹路虎总裁的戴慕瑞付出了很多。

在这个被称为捷豹路虎"全球样板工厂"的生产基地里，戴慕瑞再次迸发出对汽车智能制造的兴趣。同时，他也默默关注着这座江南古城的变化。

在《中国城市小康经济指数报告》上，常熟在县级城市小康经济指数中位列第七，在全国城市小康经济指数综合排序中常熟同样位列第七。

若问常熟最大的变化是什么，戴慕瑞的回答是："常熟最大的变化是发展的速度和发展的水平。不仅仅是常熟，中国的各地都是如此。如果对方不在中国，我将很难向他们描述中国的变化速度之快。"

他说，和一些住在这里的人交谈很有趣。他们已经习惯了这里的变化。事实上，在这里的人们根本没注意正在发生的变化有多大。回英国后，他和同事交谈过，他可以给他们举出上百个非常具体的例子来说明常熟的变化。

对于长期生活在中国的人来说，他们是站在这条线上的，他们看到的就是这些。他们没有发现增长是如此之快，他们习惯了这样的增长。实际上，戴慕瑞向生活在中国的同事解释过，他们所看到的事情并不是世界其他地方能发生的事情，他们应该为这里发生的一切感到骄傲和高兴。

这无疑是人类发展史上的一个奇迹。

沧海桑田，日新月异的变化让戴慕瑞感慨万千。

他回到英国后与同事聊天，只能给他们用图表展示："世界的增长是这样的，而这是中国的增长。我努力向他们解释，中国的变化速度比世界上任何地方都快10倍。"

住在常熟，对戴慕瑞来说很舒适、方便，这里离上海很近，国际化的机场拉近了他与世界的距离。他看着窗外，感受到了一些变化，譬如常熟刚建成的高铁站。他感慨地说："我记得3年前，我们曾比较英国和中国之间的高铁建设。在英国，高铁是零；在中国，大约建设有4万千米的高铁，计划在建的有2.5万千米。

戴慕瑞在奇瑞捷豹路虎企业文化大讲堂致辞

在英国，大约5年前，他们正在研制第一辆高速列车，但是还没有投入使用，里程好像是500千米；而这里是2.5万千米。"

讲到这些，戴慕瑞用手势激动地比划着，看得出，这些数据对他刺激很大，让他心潮澎湃。

当发展的奇迹照进梦想，当住在上海，住在常熟，亲眼目睹变化，戴慕瑞觉得这是相当鼓舞人心的，因为他看到了政府的诚意和努力，看到了企业的激情和奋斗。

"想要做什么，他们都可以实现。"戴慕瑞说，"即使在新冠肺炎疫情期间，中国也在10天内建成了方舱医院。"

与梦荣耀，倾听中国的声音

2019年的上海车展上，全新一代路虎车型在此次车展亮相，这是在PTA平台诞生的首款路虎车型。

PTA平台可以为接下来的新能源车型做准备。预计在2022年之前，捷豹路虎将有超过30款车型在中国发布。

"在常熟工厂建成后，我们仅用了6个月就推出两款车，18个月推出3款车，两年推出4款车，3年上市5款车。"戴慕瑞用一组数据总结过去5年奇瑞捷豹路虎令人瞠目的发展速度。

戴慕瑞说："其实多年来，我们在做很多基础工作，以了解中国消费者的口味、需求、喜好以及市场的情况，这也是为什么我们能提前看到中国会成为最大市场的原因。5年前，正是因为我们对中国市场的重视，建立了合资公司，我们才能够更多地在中国进行产品的生产，并且对于中国市场有更多的影响。"

随着近年来以物联网、大数据、云计算、人工智能为核心的自动驾驶技术的发展，汽车产业处于一个深度变革的前夜。

《中国制造2025》将智能网联汽车作为与节能和新能源汽车一样的重点发展方向，而常熟汽车产业未来要发展的重点方向也已经瞄准了智能车。常熟汽车产业2020年将实现3000亿产值的目标，明确提出了从"投资驱动"向"创新驱动"、从"资源依赖"向"科技依托"、从"常熟制造"向"常熟创造"发展，常熟将发展成长三角地区重要的汽车研发创新集聚区。

戴慕瑞强调："我们要了解中国的声音。中国的声音不仅仅来自顾客，还包括倾听行业的声音、政府的声音和未来技术的声音。"

对于大多数合资品牌来说，"中国之声"被狭隘地理解为中国消费者的声音，这显然是不全面的。"中国之声"不仅包括中国客户的声音，还包括中国市场动向、法律法规政策、科技技术变化，以及供应商、经销商和竞争对手的声音。比如工业制造"智能+"战略、新能源领域的"双积分政策"，这些都已经成为奇瑞捷豹路虎未来发展中要重点倾听的声音。

值得一提的是，2018年在上海新成立的造型设计中心，为奇瑞捷豹路虎的自主研发提供了更多的支持，这意味着在后续工作中，奇瑞捷豹路虎拥有了将中国消费者需求更为及时地融入到车

"洋苏州"眼中的中国小康

戴慕瑞在公司全员运动会上参加拔河比赛

型设计中的机会,让中国消费者的声音与世界汽车设计领域形成更为良好的互动,在未来还可以将对中国市场的洞察和本土研发的经验向全球输出。

"我们不仅仅希望生产一台捷豹或路虎品牌的汽车,而是在中国制造一台为中国客户定制的车型。"戴慕瑞表示,奇瑞捷豹路虎为此做了很多工作,也专门在中国做了特定的调研和测试,来满足中国市场、中国消费者的需求。

建立全球标杆工厂、飞速导入国产车型、同步国产发动机,以及建立具有高度执行力的团队,是奇瑞捷豹路虎过去5年达成目标的根源。

2018年是奇瑞捷豹路虎第二个5年规划的开局之年。

"二期项目的建成和投产无疑将是奇瑞捷豹路虎未来发展的关键举措。我们相信,凭借创新的'合营'理念以及强大的体系实力,奇瑞捷豹路虎将在产业变革中长期保持竞争力,为消费者带来拥有纯正英伦风范和全球品质的产品和服务,创领中国高端汽车市场。"戴慕瑞说。

随着奇瑞捷豹路虎和观致两大整车项目的持续发力,一座最具活力的汽车城正在长江南岸崛起,40多家国际知名汽车零部件企业落户常熟经济技术开发区,一个千亿级的汽车主导产业正在这里强势崛起。

全力育新促转型,常熟不遗余力。

2019年,常熟汽车产业全行业实现营业收入1177.16亿元,其中，规模以上汽车产业实现营业收入976.46亿元。

由于疫情的原因，戴慕瑞2020年初一直在英国线上指挥，运筹帷幄。

今年3月20日早晨6时，奇瑞捷豹路虎常熟工厂大胆尝试，搭建"直播+电商"平台生态，做了一场新车"云上市"的活动——全新路虎车型开启30小时云游上市会。该活动讲述了路虎"发现家族"30年的传奇历史及全新路虎新车型的诞生之路。第8季"发现无止境"活动同步启动。

在超长的直播上市中，路虎全面展示其传承与革新，并分享奇瑞捷豹路虎的硬核制造实力。全新路虎车型由奇瑞捷豹路虎常熟工厂生产，是基于智能制造与体系实力打造的一款革新产品。

路虎品牌将传统汽车行业与直播电商有机结合，突破时间和地域限制，通过专属的直播形式和内容定制，搭建"直播+电商"平台生态，探索和触达人们的消费需求。

冲破重重阻碍，戴慕瑞终于在6月份回到了中国，回到了已经复工复产的常熟工厂。他对当地政府的悉心支持与帮助感慨不已。面对疫情发展态势，戴慕瑞和他的管理团队第一时间预判到了其对国际供应链将造成巨大影响。自2月24日复工以来，奇瑞捷豹路虎与英国总部始终保持密切沟通，并根据国内的订单情况和排产计划，实时跟进和更新海外零件供应商的复工计划以及供应计划。几乎就在捷豹路虎英国总部复工的同一时间，装满30个集装箱进口零配件的中欧班列便发车驶向中国，确保常熟工厂按计划生产交付。

因疫情影响，英国总部于4月1日至5月18日关闭了英国工厂，同时，海运、空运的受限，也给常熟工厂带来了进口零部件缺料风险。常熟工厂在与总部的即时沟通和决策下，采取了高效且成本低于空运的中欧班列铁路货运干线运输进口零部件，及时解决了进口供应链的断供风险。此次危机的解除主要得益于中欧铁路的稳定与高效，更是得益于中国"一带一路"建设的落实——该建设为企业的全球供应链提供便捷，助力了企业的稳定发展。

随着首次实现进口零部件搭乘中欧班列运抵国内，奇瑞捷豹路虎保障了产业链供应链的稳定，同时保障了工厂的正常生产与销售终端的产品交付。戴慕瑞表示，2020年，公司将继续发挥头部企业作用，拉动周边供应链相关企业发展，为区域经济做出更大的贡献。

第十六届北京国际汽车展览会（以下简称"北京车展"）于2020年9月26日开幕，捷豹和路虎品牌携强大产品阵容震撼亮相，倾情呈现源自英伦豪华汽车品牌的超凡魅力。

在遭受疫情冲击的背景下，得益于其硬核产品实力和全球体系实力的双重发力，奇瑞捷豹路虎自4月份以来销量一直稳步上升。逆势前行的背后，彰显了其作为国内首家中英合资高端汽车企业深耕本土市场、汇聚全球资源的超群实力。

得益于过硬的产品实力和强大的全球体系实力，奇瑞捷豹路虎在困难重重的市场环境中展现出了极强的韧性,实现了2020年前3季度销量的稳步攀升。随着中国疫情防控取得重大战略成果,国内社会经济发展持续积极向好,戴慕瑞说,奇瑞捷豹路虎将坚守"客户至上"理念,不断践行向中国市场提供全球一流品质的产品和服务的承诺。

奇瑞捷豹路虎公司的逆势前行同样提振了常熟汽车零部件产业的精气神。

围绕汽车主导产业发展,2020年,常熟经济技术开发区正加速推动整车横向扩张、产业纵向延伸,实现汽车生产、销售、物流、金融、服务全产业链发展,全力打造中国最年轻、充满活力的汽车城。

随着沪苏通铁路的规划建设,进入高铁时代的常熟将真正融入上海一小时都市圈,届时,常熟的城市魅力将更加值得期待。常熟将在更高层次上丰富和提升城市内涵,实现城市生态、城市业态、城市形态、城市神态的和谐统一,让常熟成为一座有温度、有质感的文明之城。

站在改革开放再出发的全新起点上,常熟正朝着更高远的目标奋进。

在“德企之乡”见证大历史

夏建安

Christian Heinz Sommer

男，德国籍，太仓德意志工商中心有限公司董事长。推动了中国第三家"德国中心"落户太仓，并筹办多个中德交流品牌项目，为中德经济和文化交流做出了杰出贡献。2017年被评为"苏州市荣誉市民"。

He is the German Chairman of the Taicang German Center . He paid great efforts to advance the settlement of China's third "German Center" in Taicang. He also organized a number of Sino-German exchange projects, making great contributions to Sino-German economic and cultural exchanges. He was awarded "Honorary Citizen of Suzhou" in 2017.

【题记·话说小康】

　　“中国有句话，‘上有天堂，下有苏杭’。苏州的太仓是离上海较近的地方，是中国的现代田园城市，是‘一带一路’节点上的重要城市。这里生态优美，交通发达，是值得投资创业的地方，也是来了就不想走的地方。”

　　“东方的中国是迷人的，中国的江南水乡更迷人。生活富裕的小康的太仓，让我们这些远涉重洋的德国人把她当作‘第二故乡’。中国与德国的友谊将会天长地久。”

——夏建安

引子

　　2020年9月25日，太仓海运堤二期美食广场，“夜太美·中德合作之夜”——2020年第十五届太仓啤酒节在这里如期激情举办。

　　开幕式现场的一个亮点是来自德国的“Shan High Voltage”乐队（上海高压电乐队）进行的热情似火的暖场演出，乐队还与现场嘉宾互动交流。

　　劲爆的鼓点，炫丽的曲目，燃情的动作……长达40分钟的不停歇的动感演奏,一次次地点燃了现场嘉宾高涨的热情。其中有个弹奏贝斯的中年高个子,激情四射,格外引人注目。

许多在场的欧商、德商都认识他、熟悉他,他就是太仓德国中心董事局主席夏建安。这支由在上海工作的德国职业经理人自发组建的乐队,平时用业余时间排练,每逢有重大活动,他们就应邀前去尽情尽兴地表演,体现出德国人的奔放、张扬与豪迈。

啤酒节的活动很成功。中德嘉宾互动、烤猪秀、抽奖等环节引爆全场。"太仓啤酒节是中德交流的桥梁和纽带,让我们这些在太仓的德国人有了家一般的感觉,我几乎年年参加。"此时此刻,站在舞台上手持贝斯的夏建安思绪飞扬。往事像一幕幕回放的电影,清晰地浮现在夏建安的脑海里。

人生起步,到中国去

时间定格在26年前。

那是距离中国万里之遥的德国。

Christian Heinz Sommer,中文名字夏建安,是一个地地道道的德国人,1963年9月出生于德国北部石勒苏益格-荷尔斯泰因州首府基尔市。这是德国的港口城市之一,位于波罗的海基尔湾,距入海口11千米,面积118.65平方千米,人口23.9万。夏建安在一个工程师家庭长大,父母都是学工程技术的,有个家庭小作坊。他的家里有两个姐姐,他排行老三,姐姐们现都居住在德国。

从小学到大学，夏建安一直生活在家乡基尔。20世纪90年代，通讯有限，他对外面的世界了解很少。夏建安就读于当地著名的基尔大学，学的是法律专业，专攻税法方向。他个子高挑，充满智慧，天赋极好，还富有勃勃朝气。课余时间，他是个热情好动的大男孩，尤其喜欢乒乓球运动，经常参加学校组织的兴趣小组，与乒乓球爱好者广泛接触，球艺精湛。

当时，中国杭州一所大学与基尔大学有个教育合作项目。夏建安借此认识了一位名叫林平（音译）的中国乒乓球小伙伴。林平来自杭州的体校。因为有共同的兴趣爱好，夏建安与林平结为好友，切磋球技，互补长短。一来二往，两人之间非常熟悉，于是林平邀请他到中国来看一看。乒乓球是中国的国球，中国有大批乒乓球球迷。

中国在哪里？乒乓球在中国有怎样的魔力？年轻的夏建安对"中国"这个名称是茫然的、陌生的。对他这个年纪的德国人来说，更为熟悉的是欧洲、美洲，对亚洲和中国的了解微乎其微。夏建安只知道中国在俄国的南面，其他的几乎一无所知。越是不了解的东西，越是充满了诱惑。大学毕业，夏建安即将开启全新的人生，他打算出去看看、走走、闯闯，换一种全新的活法，正所谓"外面的世界真精彩"。

乒乓球是夏建安的最爱，亦成为他来到中国的动机。那年他31岁，用中国的话来说，刚逾而立之年。

"洋苏州"眼中的中国小康

夏建安见证了德企在苏州,尤其是太仓的集聚发展

当时慕尼黑还没有直达杭州的越洋班机，连抵达上海的班机也没有，只有去北京的航班。于是，夏建安搭乘飞往北京的航班，再转机到达上海，又转乘火车去杭州。因为是第一次只身前来中国，路途遥远，辗转反复。他一路问路，一路颠簸，所以记住这个特别的日子：1994年12月28日。

与好友相聚、游玩，日子是短暂的。杭州西湖的旖旎美景，让夏建安领略了极美的东方风景。在杭州游玩了5天后，他便来到上海。上海是中国的大城市、金融文化中心。夏建安打算在中国上海安营扎寨，谋划发展。

当时，德国大众、西门子、巴斯夫等一批德国知名企业相继进入中国市场，从而也带动了德国中小企业来中国发展。

20世纪90年代，上海改革开放的大门已经打开，不少欧美企业、跨国集团开始青睐这片正在悄然崛起的东方热土，纷纷前来投资创业。作为法律专业出生的夏建安，在上海虹桥的一处商务银座里，谋到了一个职位。

这是一位德国友人开办的一家私人律师事务所。律所只有三个人，一位律师、一位秘书，还有就是新来的夏建安。当时，夏建安非常努力，非常勤勉，十分珍惜这份来之不易的工作。他每天工作到很晚，因为工作、生活都在这幢楼里，所以过得很充实。

这段为期不长的律所工作经历之所以弥足珍贵，是因为在夏建安看来，这段日子他不仅有了在中国的第一份工作，还收获了甜蜜初恋。上班第一天下班前，律所的女秘书说约了自己的上海闺蜜，想和夏建安一起吃个饭，希望他们见见面，聊聊天，认识认识。在这位秘书的热心安排和撮合下，夏建安与她的闺蜜见了面，对上了眼。两人经过一段时间的磨合后，终于修成正果。于是夏建安还有另一个身份，成为"中国女婿"。

如今在介绍自己名字时，夏建安非常自豪。"我的德国名字叫Christian Heinz Sommer，中文名字夏建安，'Sommer'在德文中有'夏天'的含义。'建'源自我太太的名字'李建'。'安'是我德文名字的谐音。"

上海与德国老家的时差为7个小时。刚到中国，夏建安还要倒个时差，服个水土。他为了工作常常夜以继日，不知疲倦。当时，中国颁布了新的《劳动法》，因为这部重要法律，事关全体劳动者的切身利益，在社会上引起了非常高的关注度。不少外国企业、外资企业也在研究中国出台的这部新的法律。作为有着法律专业背景的夏建安，自然对中国的这部《劳动法》条目逐条梳理，仔细研究，还为在华的德资企业起草规范化的劳动文本、劳动合同等。

有个细节非常有意思。当时，夏建安谋职的这家律所承担着为上海德国中心起草大量的劳动文本与合同的工作，因此他经常来到德国中心，与这里的数十家企业探讨劳动法律问题，帮助企业排忧解难。一个德国小伙子经常出入于此的身影，引起了上海德国中心的关注。那时，上海德国中心的负责人看到这位小伙子工作勤奋，也肯吃苦，便有意要招募这位小伙入职。在签订入职德国中心劳动合同时,夏建安打开签约文本,发现竟是自己拟定的规范化格式合同文本,感到很有一番亲切感和成就感。

3个月后,满怀新的期望,夏建安告别了律所,走进了上海德国中心。之后的一切都顺理成章了。夏建安在这里摸爬打滚,伴随着中国崛起的步伐,一步步走向人生、事业的新台阶。

苏州太仓,成就梦想的地方

上海德国中心,一个充满机遇和挑战的地方,一个成就个人奋斗理想的地方。夏建安在这里开启了人生的辉煌篇章。立足上海,辐射长三角,他用自己付出的服务,让更多的德资企业走进中国。

坐落于上海浦东张江高科技园区的上海德国中心,是专门为德国企业进入中国市场探路而建立的调查研究中心,向客户提供从市场咨询、秘书翻译、谈判展览到办公用房等的全面服务,被誉为设在中国的"德国之家"。这个全新的上海德国中心于2007年竣工落成,办公面积达3万平方米,商业楼层设有两家银行、餐厅等,还有服务大楼公寓、俱乐部、幼儿园等配套设施。迄今为止,有百余家德国企业入驻办公,成为上海德资企业的集散地,亦是上海张江高科技园区的标志性名片。

夏建安的办公地址在上海德国中心一号楼底楼。走进一号楼向左拐,进入一个不大的办公区域,绕过前台引导位置,就是敞开式的集体办公场所。在这里隔出一两间办公室空间,其中一间就是夏总的办公室。

在办公室的背景桌台上,摆放着一块醒目的"苏州市荣誉市民"奖章和荣誉证书。荣誉证书上写着:"夏建安:为苏州市经济建设、社会发展和对外合作做出了突出贡献,特授予苏州市荣誉市民称号。2017年9月28日。"办公桌上还摆有乒乓球模型、乐队模型等,可见这些都是他的心头所爱。

整个办公区域简洁明了,整齐干净。座位之间虽然比较拥挤,但大家互不干扰,体现出缜密、精致、有序的氛围。那天,笔者一行数人专程前去采访夏建安。当我们站在上海德国中心大楼前,感到大楼非常气派,我们暗自猜想那大楼里的董事长兼首席CEO的办公室应该非常富丽堂皇。但我们走进大楼,却发现夏建安的办公室就在底层不起眼的一隅,空间也不大,觉得真有点不可思议。于是在采访结束前,笔者专门请教了这个问题,此时"一家之主"夏建安爽朗地哈哈大笑起来,连声说:"很多人都问过我这个问题。我说,这底层的一楼比较接地气,接待客人也很方便。我们中心的主要收入是租金,最好的楼层应该拿出来为企业客户服务,为客户提供一个快乐工作和生活的环境。"一席话,让我们恍然大悟。

其实,早些年前,上海德国中心落户同济大学,一些著名的德国企业便纷纷抢滩中国市场。后来,这些企业有的成功孵化,有的走出去,到了附近甚至更远的地方发展,如苏州太仓,还有苏、

夏建安的办公室里收藏了不少乒乓球运动员的签名

浙、皖一带。因此早期出去的德资企业都带有"同济"的光环。

"与苏州结缘，还是当年苏州高新区的盛情力邀，我们才有幸第一次走进苏州。"夏建安回忆道。苏州后来居上，异军突起，成为长三角乃至中国东部沿海的一颗璀璨新星，深深吸引了夏建安的目光。这些年来，苏州主动联结上海，与上海实行错位发展，注重制造业、外贸业的发力，产城融合发展做得很超前，交通很便捷，赢得了发展先机。

20世纪90年代，苏州外向型经济蓬勃发展，招商引资成为"香饽饽"。苏州瞄准了德资企业、欧美企业，拉开了敲门出击、上门招商引资的帷幕。于是苏州高新区招商部门派人前往上海德国中心拜访，主动推介"人间天堂"苏州，邀请上海德国中心负责人去苏州考察项目，牵线搭桥。

由于时间久远，考察项目众多，夏建安已记不清第一次到苏州时究竟去了哪几家企业，只觉得苏州企业发展势头很好，制造业特别多，设施设备也很先进。这种制造业比较发达的产业结构，很适合德国中小企业前来投资，谋划发展。因为德国企业家族式的多，制造业产品多，隐形冠军多。

"那次市场考察间隙，我们还去了一座苏州古典园林，在老城区里，好像是拙政园吧。还去了苏州乐园，一个主题游乐公园，规模很大，游客很多。"第一次接触粉墙黛瓦的苏式园林，夏建安觉得"脑洞大开"，浮想联翩。叠山理水的东方园林美学，深深地印在他的脑海里。

以后的日子里,去苏州的次数多了,夏建安也就对苏州熟悉了。有时到苏州一日游,乘坐火车,或是后来坐动车过去。每逢节假日,他都要带着妻子到苏州游玩,如找个独墅湖畔的酒店小住,兜兜园林,逛逛街巷,放松休闲。他觉得苏州的生活和德国很像,很精致、细腻和惬意。20余载岁月,苏州的变化很大,非常适合创业、生活。

现在环金鸡湖一带,高楼大厦矗立,现代化城市崛起,苏州的城市天际线在长高。小苏州、老苏州变为大苏州、洋苏州了。"苏州工业园区发展很快,这个与新加坡合作的项目,成为全球经济合作发展的典范。"夏建安对此赞不绝口。

自1995年起,夏建安在中国谋到了第一份工作,就与中国结下了不解之缘。第二年便进入上海德国中心。那时太仓的德资企业已初露端倪,克恩—里伯斯、伊纳、慧鱼、托克斯等近10家德企落户了太仓。

在夏建安进入德国中心的三年前,即1993年,第一家德资企业——克恩—里伯斯弹簧有限公司率先在太仓"吃螃蟹",揭开了太仓高新区集聚德资企业群,继而打造"中国德企之乡""中国施瓦本"的雏形。当年前来考察的德国企业家称赞精致的太仓很像德国小镇,幽雅、宁静,太仓的"水杉林"可与德国"黑森林"相媲美。如今太仓人说,当年"拣来的芝麻",经过太仓20多年的精心培育,已经长成了"硕大的西瓜"。

就拿克恩—里伯斯公司来说,当年首期投资只有50万马克,

6名员工，租借400平方米的厂房。有人冷言冷语："别人都是引进外资大项目，你们是引进了一个德国小作坊啊。"经过20年的发展，2019年的克恩—里伯斯有员工1300多人，年销售额12亿人民币，公司生产的汽车安全带卷簧占据了全世界市场70%的份额，成为名副其实的"隐形冠军"。这就是太仓德资企业创造的奇迹。用这个生动事例，夏建安说服了许多德国企业家前来太仓考察。

迄今为止，太仓已集聚了舍弗勒、克朗斯、博泽、通快、西门子、凯乐金霸等300余家德资企业，总投资额45亿欧元，年产值超500亿元人民币，亩均产值达1400万元人民币，其中还有近50家企业是所属行业的全球"隐形冠军"，净资产、产销、利润等指标每年保持约20%的增长，呈现出"技术强、占地少、效益高"的"硬核"效应，并带动400余家本土企业开展产业配套、智能制造、人才培养等方面深度合作，推动了德资企业的高质量发展。2012年，太仓被中国工信部授予中国首个"中德中小企业合作示范区"称号。2018年，太仓被中国商务部和德国经济部授予中国首个"中德企业合作基地"称号。

为了让德国企业在太仓做大做强，2016年，全球第8家、中国第3家（另两家在北京、上海）德国中心落户太仓，总投资1200万美元。这是全球唯一开设于二三线城市的德国中心。在此之前，全球设立7个德国中心，有6个设立在各国首都或大城市，均为当地最有影响力的德企招商管理运营平台。在当年6月举行的盛大开业典礼上，夏建安邀请德国政府官员、驻沪领事、德企高管等参加。目前该中心已入驻德国企业20多家，几乎每个星期都有代表团前来商务学习考察。迄今中心租客用房由3层变为9层，还有更多的德资企业纷纷入驻。一位入驻中心的德国企业老总说："太仓德国中心发展很快，对我们企业的服务是全方位、全天候、全生命周期的，我们非常满意。"

太仓德国中心的惊艳亮相，得到了德国企业的一致首肯。太仓德国中心是太仓中小企业的发展平台。夏建安非常注重德国中心的环保理念，推进绿色发展。

"中国有句话，'上有天堂，下有苏杭'。苏州的太仓是离上海较近的地方，是中国的现代田园城市，是'一带一路'节点上的重要城市。这里生态优美，交通发达，是值得投资创业的地方，也是来了就不想走的地方。"夏建安神采飞扬，滔滔不绝地介绍道。这种"以外引外"的场景，在上海德国中心、太仓德国中心经常上演。这些德国企业对中国是很陌生的，因此夏建安总是想方设法帮助这些企业扎根落户，并提供多方面的帮助。

20多年来，夏建安分别在上海、北京、太仓德国中心任职董事长，为中德之间的经济、文化交流做出了极大贡献。一方面，为促进太仓与德国友好交往与合作，他时常把上海的优质德国项目引荐到太仓，助力推动太仓的招商引资，介绍太仓当地的优惠政策，支持中小企业在太仓设立公司。另一方面，通过自己在中国工作的亲身感受大力推介太仓，并对宣传太仓的

"洋苏州"眼中的中国小康

一年里许多时间夏建安都会在上海工作

"德国太仓日"活动尽心尽力，出谋划策，联系德国职能部门官员及企业代表，广泛宣传太仓的发展优势。同时，又在太仓介绍德国经商管理的理念并指导太仓高新区"度身定做"，做好对德企业服务工作。

创新之城，"德企之乡"的美丽蝶变

600多年前，郑和驾驶着宝船，带着丝绸、瓷器和茶叶，乘风破浪，起锚远航，由此开启了太仓作为中国海上"丝绸之路"重要港口的辉煌时代。27年前，太仓又与德国结缘，走出了一条中德合作的特色之路，逐步发展为"中国德企之乡"。

面向太仓"两地两城"高质量建设的新时代，太仓"中国德企之乡"将向"中德创新之城"迈进。

太仓，现代田园城，幸福金太仓。太仓，跻身中国百强县（市）"第一方阵"，是中国最具幸福感的城市之一，是首个富裕型"长寿之乡"。进入长三角一体化融合新时代，太仓拥抱高铁，引进高校，经济社会高质量发展。在夏建安的眼里，太仓是一个不可多得的地方，这里有天然的深水良港，有现代先进的集装箱码头，还有配套完善的物流系统。未来开建的铁路延伸到港口，实现货物水陆转运的无缝链接，可以开辟出更多的远洋洲际航线。这次太仓一下子拿下了三个高铁站建设项目，其发展态势不可小觑。太仓将成为交通枢纽城市，成为沿江沿沪极具增长潜力的城市。

勤劳智慧的太仓人是富裕的，太仓是过好日子的地方，人们生活小康，身体健康，日子过得非常安康。江南丝竹雅韵婉转，双凤山歌歌声悠扬；天镜湖畔，金仓湖四周，市民游园络绎不绝；古镇沙溪、浏河的水乡风光和非遗项目，吸引大批外地游客前来探幽。大剧院、博物馆、影院、书店、咖啡吧等文化设施，极大丰富了人们的文化娱乐生活。太仓还出现了德国风情的酒吧一条街，每逢傍晚和节假日，不少德国朋友相聚在这里，观看足球比赛，欣赏摇滚音乐，尽情地畅饮德国啤酒。

海纳百川，有容乃大。经济发达、社会文明的太仓，汇聚天下精英，招募海外人才，开启了"大众创业，万众创新"的新时代，为中德合作交流插翅添翼。这里有中国最大的"德国职业资格"培训和考试基地，培育出的"技术蓝领"为德资企业提供人才支撑。"两园、两地、两中心"的六大对德合作平台，为德企提供本土化、国际化服务，并初步形成了知识产权保护体系，严格依法保护德资企业知识产权，建立了较为完善的双向交流机制，有力促进了中德文化的交流与融合。

创业在太仓，宜居在太仓。20余载春秋，太仓大地旧貌换新颜。越来越多的人喜欢太仓，包括外地人、外国人，他们不仅生活在太仓，创业也都在太仓。太仓城乡一体，产城融合；城在田中，园在城中；移步换景，绿意生机；空气清新，水质干净，环境优雅，几乎没有自然灾害之虞，常年风调雨顺，展现出鱼米之乡的"最靓颜值"。对于这一点,夏建安深有同感,这也许是上苍对这片禀赋沃土的一番眷顾。

太仓,比肩德国小镇,安静详和。当年,夏建安与太太谈恋爱时考量的难题是如何平衡未来的生活,是回到家乡德国,还是留在中国发展。正当小两口两难之际,两人做出决定,一起去趟德国,去深度体验,然后再做去留决定。最后他们选择回到中国发展,因为夏建安觉得中国未来发展的潜力更大,更值得他为之拼搏。

居住上海,奔走于上海、太仓之间。"上海下一站""下一站上海",太仓与上海近在咫尺,工作在上海,生活在太仓,这是中国年轻人的生活轨迹。总之在高速、地铁等沪太交通线上,不少上班族两地来回转,过着沪太双城生活。

"采菊东篱下,悠然见南山","平畴交远风,良苗亦怀新"。每天早晨,在城市花园般的上海居所,夏建安和太太对桌而坐,两人吃着德国早餐,太太一边逗他玩,一边教他说上海话:"对不啦""调一调""吃不消""捣糨糊"。庭院外,还种着几棵翠绿的果树,果实压枝,两人尽情采摘。20多年的中国生活,使夏建安感受到中国经济社会日新月异的变化,这种变化也成就了他的人生事业,成就了他最爱的家庭。每月总有数天,他要来到太仓德国中心打理日常事务,听取部门工作汇报,与同事们交流。上海与太仓时空的交替切换,让他倍感肩上多了一份使命与责任。

太仓,中国德企之乡,名副其实。近年来,各项中德文化交流精彩纷呈。太仓方面将推动新能源、新材料等德国先进产业落地,推进中德城市公共服务、社会管理等全方位合作,进一步提升太仓中德合作战略地位,打造中德合作典范城市。

在中国(太仓)中小企业合作示范区里的企业,基本上是德国独资的家族企业,一般都有一二百年的历史,这些企业主要从事工艺制造、汽车配件制造等。从抱着试探心理前来投资,到追加投资、扩大规模的德资企业,领跑太仓中德合作特色之路渐入佳境。数据显示,太仓德资企业呈稳中有进态势。譬如你的爱车出自一汽大众、上海大众或上海通用等汽车公司,那么你的车钥匙很有可能就是太仓伟速达公司生产的。这家高规格、全球首屈一指的汽车安全和进入控制系统的供应商,2010年落户太仓后,与自主品牌汽车厂家合作,提供的不是一个产品,而是整体解决方案。

在太仓德国中心,一个名叫"富德商旅要诀"的培训非常红火,这是夏建安倡议提供给德国商人的培训班,因为这些德国企业前来中国投资,对中国是完全陌生的。经商涉及的东西很多,包括银行、会计、法务、人力、市场等,企业都要分析并掌握。这个培训班可以帮助德国中小企业更快地熟悉中国,更好地融合,使企业更加稳健地成长。

2008年以来,"德国太仓日"活动正式启动,这个品牌活动获得德国地方政府的青睐。每年一次,持之以恒。太仓方面先后走进德国的斯图加特、慕尼黑、杜塞尔多夫、弗莱堡等地,进一步扩大了太仓在德国的知名度和影响力。细节决定成败。每每举办类似的大型活动，夏建安和他的德国中心团队总要积极策划、跟踪，把每一个项目落到实处。太仓的娄东书画、麦秸画等文创产品，江南丝竹、武术等演出团队也因此相约走进德国各地。

太仓德国中心举办的“传统火钳节”活动，是夏建安的一个独特创意，目的是将德国文化元素融入太仓。每年太仓德国中心都会邀请朋友和租户前来参加传统的火钳酒派对，而每年的这个夜晚，都会迎来更多的朋友品尝原汁原味火钳酒。2019年12月，太仓德国中心第四次火钳酒派对如期举行，除了这款独具德国特色的火钳酒，还有德式冬季美味菜肴和其他各种饮品提供给客人，吸引了超过170多位客人前来品尝。在浪漫德国式的圣诞气氛中，他们度过了一个难忘而特别的夜晚。

在太仓，“德中同行”、啤酒节、德国企业科技展、“中德友谊杯”乒乓赛、中德足球友谊赛等系列活动，不是局限于德国企业、德国人群的，而是扩大到与之相关的企业乃至政府机关、学校、医院等社会组织，把德国社会生活和人文特质等元素更多地融入到太仓文化中去，促进了中德文化的相互交流。

“中德友谊杯”乒乓球国际邀请赛，是由太仓市政府主办的大型赛事，上海德国中心和太仓政府职能部门参与承办。自2016年开始，邀请赛连续举办了四届，并纳入中德文体交流常态化活动。太仓方面将此打造成具有太仓特色的国际性赛事，并将其作为国内唯一的以中德两国乒乓球赛为载体的品牌赛事。这个赛事，最初还是由夏建安出谋划策和牵线搭桥的，他为中德文化交流做出了贡献。

面对中德文体交流重大活动，夏建安更是积极参加。他与太仓许多乒乓球高手结为朋友，定期挥拍开打。"练好中国前三板，赢得比赛主动权"，在兵乓球运动中他表现出惊人的专业水平。夏建安痴迷乒乓球，对这项运动始终不离不弃。这个在大学时代养成的爱好，使他至今与乒乓球相伴。

2019年5月，第四届"中德友谊杯"乒乓球大赛揭开序幕，中德11支劲旅出战。德国主帅、前世界冠军罗斯科夫等不少"大腕"云集太仓。上海德国中心董事长夏建安亲自上阵。在太仓乒乓球馆，夏建安经常与太仓乒乓球俱乐部球迷切磋球艺，也参加各种城市交流公开赛活动。他在乒乓球业余组别中，经常能够拿到名次。夏建安动情地说："以乒乓为媒介，我结识了许多新朋友，乒乓球对我的工作很有帮助，一下子拉近了我与中国伙伴的距离。"

在太仓城乡街头，随时可遇见不同种族、不同肤色的外国人，他们工作、生活在太仓，正如《德国人在太仓》的纪录片中德国朋友所欢呼的那样："我们在这里生活得很好。"德国人参加中德青年创业创新大赛，在太仓学方言，当选荣誉市民，成为中国女婿……太仓的"德味儿"越来越浓。

夏建安说："东方的中国是迷人的，中国的江南水乡更迷人。生活富裕的小康的太仓，让我们这些远涉重洋的德国人把她当作

'第二故乡'。中国与德国的友谊将会天长地久。"太仓高新区管委会展现的太仓德资企业投资版图上插满了越来越多的红点标注,这表明于太仓投资的德资企业的数量与日俱增。

中国古人开拓"陆海丝路",使用的不是战马和长矛,而是驼队和善意;依靠的不是坚船和利炮,而是宝船与友谊。昨天的太仓曾是海上"丝绸之路"的重要港口,如今的太仓又成为中德合作的典范城市。中国开放的大门不会关闭,只会越开越大。随着改革开放进程的不断深入,今天站在赓续至21世纪的"陆海丝路"上,太仓将久久为功,持续发力,中德合作将会结出更加丰硕的成果。

这座 "梦里江南" 品不够

郁国平

Yu Guoping

男，美国籍，恩斯克投资有限公司副总裁，2017年获"江苏省五一劳动荣誉奖章"，2019年被评为"苏州市荣誉市民"。领导的企业被昆山市评为"十大突出贡献企业""十大纳税大户"及"十大总部经济企业"。

He is the American Vice President of NSK Investment Co., Ltd. He was awarded the "May 1st Labor Medal of Jiangsu Province" in 2017 and "Suzhou Honorary Citizen" in 2019. Under his leadership, NSK Investment Co., Ltd. was rated as "Top Ten Outstanding Contribution Enterprises", "Top Ten Taxpayers" and "Top Ten Headquarter Economy Enterprises" by Kunshan City.

【题记·话说小康】

"家乡的一草一木是那么亲切，我在美国工作也时刻不忘关注祖国的发展变化，特别是我要工作的地方是昆山，全国百强县之首的光环深深吸引着我！"

"昆山因制造业闻名，来昆山之前，我一直以为这里工厂云集，空气糟糕，环境杂乱。来了之后才发现，它完全颠覆了我对制造重镇的想象……这里依旧是我魂牵梦绕的梦里江南。"

——郁国平

引子

海风拂面，天空如洗。

2012年圣诞节前的一天，在美国佛罗里达的一艘游轮上，正在度假中的郁国平和几个朋友忙着海钓，一阵清脆的电话铃声骤然响起……

在这个跨越大洋的来电数月之后，郁国平开启了一段新的人生旅程，迎来了他事业上的又一次巅峰时刻。

越洋电话来自日本精工株式会社全球总部，公司正迫切寻找一位精英来领导其中国业务的发展。

为什么这家久负盛名的日本轴承业巨头将橄榄枝抛向了一位美籍华人"空降兵"呢？

海归之路：浓浓亲情牵引他回故乡

出生在20世纪60年代的郁国平是地地道道的江南人。15岁时就从老家无锡考入了位于武汉的华中工学院（现华中科技大学），成为该校机械自动化专业的一名学生。

郁国平学习成绩优异，从小就和机械结下了不解之缘。他喜欢动手拆卸家里的破旧机械装置，也总能够按照自己的想象玩出花样。大学四年，他的成绩始终名列前茅，并且担任班长，协助老师管理各项班级事务。他是同学们眼中的学霸，老师们眼中的得力助手。

笃志前行，不负韶华。本科毕业时，他被分配到了上海。1992年，郁国平进入美国新墨西哥州立大学攻读工商管理硕士（MBA）学位。在异国求学期间，他进一步开阔了眼界，增长了西方经济学、企业管理和财务管理等知识。郁国平的名字被收录在"1994年美国大学生名人录"中，这可是超级优秀的学生才有的殊荣。

1994年，郁国平被美国康明斯公司选中。这家名企成立于1919年，是美国500强企业之一，以制造燃油发动机而名噪天下。

在这里，从财务分析师，到财务部门经理，再到财务总监，郁国平每一步的提升，都与他的勤奋、毅力和良好的团队合作能力密不可分。2005年，美国总部外派郁国平前往中国，担任康明斯中国事业部总经理，全面负责分销、售后、物流、财务等业务，他在开拓中国市场方面成绩卓著。

作为中国发动机行业最大的外国投资商，康明斯在中国拥有8家合资和独资制造企业。郁国平不仅与中国各个商用汽车和工程机械主机厂的客户建立了良好关系，还赢得了合资公司的中方合作伙伴的信任和尊敬。在全球很多大型会议上，郁国平从发动机排放标准等前沿的角度频频发表主题演讲，博得了业内人士的高度赞扬。他也因此成为全球猎头公司追逐的目标。在中国工作3年后，郁国平重回康明斯美国总部工作，任职全球市场发展总监。在这段时间里，郁国平继续支持中国主机厂在海外拓展业务，为中国企业全球化贡献力量。

"在康明斯的事业发展顺风顺水时，突然接到恩斯克总公司的电话，当时是既激动又犹豫。"郁国平回忆起那个瞬间，历历往事浮现在眼前：当时的郁国平早已加入了美国籍，多年在康明斯打拼建立起来的业绩、资源和愿景，让他不舍得离开工作近20年的老东家。同时，多年定居国外的郁国平每次与年迈的父母打完电话后，泪水都会浸润眼眶，因为父母亲的身体随着年纪的增长已经日渐衰弱。他的父亲因为罹患癌症，手术后身体极度虚弱；母亲的风湿性关节炎愈发严重，像正常人一样走路都成了奢望。

郁国平闲暇时保持了阅读的习惯

"洋苏州"眼中的中国小康

百善孝为先，经过几个夜晚的辗转反侧，郁国平做出了他人生的重大选择——回国！他第一时间把这个消息告诉了远在江苏无锡的父母，二老激动得整晚没有合眼。

"离开故土的时间越长，对家乡的思念就越强烈，这是每一个海外游子的心声！"郁国平感慨道。

成立于1916年的日本精工株式会社（NSK LTD.），是日本国内第一家设计生产轴承的厂商。日本精工在本国以外的企业以恩斯克命名。目前，恩斯克在全球24个国家和地区建立了销售网络，企业排名位居世界前列。恩斯克致力于向经济持续高速发展的中国输出先进的生产技术和管理经验，逐步确立并完善生产、技术、营销三位一体的事业体制。2009年，恩斯克投资有限公司与昆山签订协议，将中国区总部由上海搬至昆山花桥经济开发区。

恩斯克中国区总部落户昆山花桥经济开发区以来，虽然取得了一定成绩，但是相对于恩斯克公司的总体规划和愿景而言，仍然有着很大的差距。公司在寻找一位多年在机械电子行业领域深耕，懂得技术，在管理、市场和财务方面有着丰富经验与成绩的领导者，郁国平是公司的不二人选。

在机械行业摸爬滚打多年，郁国平非常了解日本精工在轴承领域的地位和建树，恩斯克严于管理和精益求精的企业精神也吸引着他。美国康明斯公司崇尚大胆创新和突破尝试。郁国平认为"严谨和创新，如果将这二者有机结合起来，是机械自动化行业致胜的两大法宝"。加盟恩斯克也让郁国平看到了一个充满挑战、能让自己发挥优势的平台。由此，二者一拍即合。对于加入恩斯克的决定，特别是能够一直生活、工作在环境优美的昆山花桥，郁国平始终认为这是他人生中极为正确的决定之一。

2013年春天，郁国平踏上了回国之旅。"天边飘过故乡的云，它不停地向我召唤，当身边的微风轻轻吹起，有个声音在对我呼唤。归来吧，归来哟，浪迹天涯的游子。归来吧，归来哟，别再四处飘泊……"登上飞机的那一刻，郁国平的内心无法平静，耳畔回荡起《故乡的云》。

"家乡的一草一木是那么亲切，我在美国工作也时刻不忘关注祖国的发展变化，特别是我要工作的地方是昆山，全国百强县之首的光环深深吸引着我。"郁国平掩饰不住兴奋之情。

走马上任后，郁国平担任了恩斯克中国区CFO及总部经营管理本部总经理，负责人事、财务、法务、物流、IT和集团管理等多项工作，同时还兼任公司汽车转向器事业部的总经理。他充分发挥多年在康明斯积累的丰富经验，开始大胆改革。他花了很长时间进行广泛调查，并召开高频次的讨论会，找到了公司发展的瓶颈。他在人才本土化方面更是打破传统，突破创新，强力推进企业的本土化发展进程。郁国平将培训视为公司"强筋壮骨"的秘诀，认为培训可以提升人才的专业技能，充分发挥员工的创造性。他积极加强对老员工的培养，开设日语和英语培训班以及中国员工领导力培训班等课程。3年前，恩斯克与一家知名培训公司合作，首批19名员工已经全部毕业，第二批23人的培训班随之开启。同时，郁国平还不忘打造企业文化，增强新进员工的归属感和认同感。另外，他还从工厂里选拔优秀管理人才到总部任职，通过大胆起用新人，使员工认识到自身价值和上升空间。

纲举目张，执本末从。恩斯克总部在中国有12家工厂、16家分公司，工厂和分公司曾一度在管理上存在很大短板。郁国平上任后，积极强化公司事业部管理体制。如今公司有3个事业部，加上总部的管理职能，公司在管理上突飞猛进。同时，郁国平开启进行矩阵式的管理办法，加大了对生产部门的支持与监督。该管理办法果然奏效，通过跨部门、跨职能对公司某一方面进行支持和控制，强化了公司发展的风险管控意识，减少了不必要的损失，从而推动公司管理迈上了一个新的台阶。

推动本土化人才建设，强化企业技术和管理，恩斯克的改变得到了日本精工总部的赞许，总部支持中国总部扩大投资、建设新生产线。正是得益于良好的布局、投入和管理，恩斯克在中国取得了良好的经济效益，生产效率也显著提高。

故乡之事：激情燃烧的火热大时代

由于文化差异、市场特色等因素，中国客户和日本企业存在着许多不同的理念。

日本企业考虑周详，对产品分析透彻，一个产品的问世往往需要对流程和环节进行把脉，而这种谨慎导致产品的研发周期较长。而对于中国乃至全球其他国家的客户来说，他们希望得到的是恩斯克快速的反馈与应对。

例如，有的客户需要半个月或者一个月时间的产品研发周期，而日本总部的答复却是三个月甚至半年，因为日本精工对产品精密程度的追求可谓苛刻，他们需要从产品的可靠性、技术参数、使用寿命等方面进行逐一检测。

追求产品的完美品质是恩斯克的宗旨，但是"心急"的客户也不能丢失啊。

怎么办？郁国平经常跟东京总部进行家常便饭式的辩论：如何在满足客户需求与企业追求品质之间找到平衡点？郁国平往往会就一个细节跟管理领导、技术领导、全球CEO等一个一个交流。经过多次的争取，目前，日本精工总部加快了产品的研发进度，全球客户也对恩斯克的改进给予充分肯定。

此后，在郁国平的带领下，恩斯克中国区的业绩有了成倍的增长。公司相继被评为江苏省、苏州市、昆山市总部经济企业、昆山市十大纳税大户、昆山市十大现代服务企业等。恩斯克还在花桥国际商务城投资成立了除日本本土以外规模最大的技术研发中心。到2015年，恩斯克投资有限公司就已经实现销售收入近百亿元，纳税数亿元。

2016年12月20日，日本精工株式会社（以下简称恩斯克）百年庆典在昆山举行。日本精工株式会社社长内山俊弘感慨道，恩斯克和昆山有着深厚的合作基础,企业在中国的第一个工厂就设在昆山,昆山分公司的成长对恩斯克在中国的发展有着举足轻重的作用。未来恩斯克将继续深耕昆山这片热土,实现更好的发展。

如今在恩斯克展厅里,大小不同、形态各异的轴承是最好的摆设。把轴承做到极致,一直是恩斯克追求的理念。恩斯克的轴承规格繁多。小至用于超小型电机上直径仅2毫米的微型轴,比米粒还要小许多;大到用于风力发电机的外径2米以上的超大轴承。

郁国平说,恩斯克生产的轴承材质精纯、产品精度高,能广泛应用于不同的环境和机械,素有"机械产业的粮食"之美称。其产品广泛运用于吸尘器、洗衣机等家电产品,高速铁路车辆,采矿及建筑机械,机床,冶金设备,风力发电机,化工设备,工业用压缩机,以及飞机、人造卫星等各种机械设备之中。近几年,恩斯克一直致力于风力发电、天然气、智能手机等新兴产业用轴承。如今,恩斯克的目光已经瞄准新能源汽车和5G产品。

与中国各地政府打过交道的郁国平,对苏州的营商环境赞不绝口,特别是对苏州提出的"用户思维,客户体验"理念,他更加感同身受。2019年,郁国平与日本精工的高层开会时,特别讲到了苏州的营商理念,日本精工的各位高层频频点头,称"真了不起"。

苏州的营商环境确实契合了日本精工的企业精神。"今天再晚也是早,明天再早也是晚",1的365次方还是1,1.01的365次方等于37.8，而0.99的365次方约为0.03。郁国平对此深有感触，他经常激励员工每天多做一点点，一年下来就会大有不同；如果每天少干一点点，一年下来成绩几乎为零。

"公司这么多年来发展壮大，离不开当地政府的政策扶持，以及良好的营商环境。"郁国平说，他个人感觉苏州，感觉昆山花桥的营商环境在全国来看也是首屈一指的，政府各级领导经常走访了解企业的需求，第一时间为企业排忧解难，并与企业一起探讨未来的规划，想法和理念非常专业。

人才是企业的核心竞争力。就花桥而言，东临国际大都市上海，属于"最强地级市"的苏州，凭什么吸引并留住高端人才？

恩斯克有一整套完善的培训体系，每年公司要招收很多大学毕业生以及各种各样的技术人才，但是人才离职也是一个大问题。恩斯克必须找到切实有效的解决方案。

花桥经济开发区主动与企业共同想办法。花桥为公司提供高品质的人才公寓，同时，给人才提供落户的优惠政策，为人才解决了后顾之忧。花桥政府还与恩斯克签订了人才奖励协议，提供具有吸引力的奖励计划。"有了这样一系列的优惠政策，我们公司的各种优秀人才能够安心在公司发展。"郁国平说。

稳住了人才，公司的业绩蒸蒸日上，员工的干劲更足了。日本总公司每年将许多新研发的优质项目转至恩斯克中国区来进行。花样翻新的产品研发和实验，也对人才有更大的吸引力。随着科技平台的提高，人才加入的主动性逐渐增强。

"洋苏州"眼中的中国小康

郁国平经常组织高管"头脑风暴",培育企业文化,发扬企业精神

恩斯克中国区有9000名员工。2020年1月24日,面对新冠肺炎疫情,恩斯克成立疫情应急小组,郁国平是负责人之一,从大年初一开始,每天通过电话会议探讨应对疫情之策。公司也及时建立很多沟通平台,了解全国各地动态,制定公司的应对举措,并将其迅速传递给每一名员工,由此减少大家对疫情的误解和恐慌。在此过程中,恩斯克公司与花桥政府积极配合,尤其在复工之际,花桥经济开发区管委会给予公司大力支持。全国各地员工的返回、隔离人员的安排、员工上班通行证的办理,以及上下游产业链的复工情况等一系列问题,都得到了花桥政府的关心和支持。恩斯克于2月10日恢复生产,成为昆山首批复工的企业之一。

"这次疫情期间,我真正感受到中国政府强大的组织能力和动员能力,也体会到昆山完备的产业链对经济复苏起到的作用。"郁国平感慨道。

博观而约取,厚积而薄发。恩斯克在产品创新之路上不断迈向新的高峰。恩斯克在汽车应用方面开发了许多新产品,并应用了很多前沿技术,比如利用恩斯克的滚轴和丝杠技术把"齿轮转动"变成"线性运动",令汽车助力转向更加轻便。同时,恩斯克将精密的丝杠技术应用于自动刹车技术方面,大大提高了刹车的灵敏度和安全性。这些技术经过各类车型的应用后,经受了市场的考验,获得了客户的认可。

众所周知,轴承于机械的重要性,相当于芯片于手机,不可或缺。从近年来机械工业发展的趋势来看,轴承对精密性、静音性、寿命以及润滑技术方面的要求非常高,日本精工在这四个方面堪称业内翘楚。郁国平回忆道,最初空调的声音很嘈杂。2000年左右,中国房地产开发处于井喷期,对空调的需求量达到了前所未有的高度。抓住机遇,不容迟疑。恩斯克针对空调噪音问题,第一时间推出超静音轴承,从此,空调不再是嗡嗡作响的家用电器了。恩斯克当时在中国生产的第一批超静音轴承就是在昆山工厂生产的。此举堪为中国静音空调的里程碑,同时也引得中国各轴承企业纷纷效仿,静音空调的品质也进入了一个崭新阶段。

近年来,5G、新能源汽车成为许多企业谋求新增长的热点。郁国平参加了2019年上海车展,令他印象深刻的是,尽管很多汽车厂商都在生产新能源汽车,但是由于多项技术的制约,很多展品并没有得到量产,还停留在概念阶段,包括无人驾驶车等。他认为,电动车的核心部件之一是电机,它直接决定了电动汽车的续航里程。要提高电机的水平,实现更长的续航里程,就需要在驱动装置上下功夫。

目前,恩斯克已经研发了新的轴承产品,可以把电机轴承做到每分钟3万转,而一般的新能源汽车的电机轴承仅有每分钟1.5万转左右。

然而,这么高的转速在实际应用上难度很高,需要通过特殊减速技术降低转速。恩斯克的这种技术靠的是新一代的润滑油脂,该润滑油脂在不同的条件下,可在液态和固态之间转换。恩斯克正在和多家企业联合开发,一旦成功,电机速度将会更快,续航里程更长,而且重量更轻,将大幅促进新能源汽车的发展。

另外,恩斯克还致力于轮边电机研发,将电机装在轮胎上,每个轮胎可以装置一个电机。这项技术将带来汽车驾驶方面的重大变革。

创新永不止步,研发不惜投入。恩斯克未雨绸缪,已把创新的眼光投向远方。"日本精工的技术追求的就是极致,要在精密领域做到领先一步。"郁国平进一步强调。对于轴承以外的装置,比如远程医疗的装置、智能机器人,也是他们正在攻克的方向。轴承之外的很多技术都在恩斯克的发展规划愿景之内,有更多可能性可以探索。

巨变中的坚守: 这里依旧是梦里江南

身在异乡的游子如同放飞的风筝,而线头却始终在父母手中。飞得再高,也得落下来拥抱自己的父母。

从2013年回国工作以来,如果公司没有重大事务,郁国平每个周末都会回无锡探望双亲。令他感到神奇和欣慰的是,回国一年多后,父母的精神面貌大为改观:罹患癌症的父亲体重增加了,面庞红润了;母亲的关节炎逐渐好转,也能像正常人一样走路了。"好心情胜过一切灵丹妙药,这可能就是陪伴的力量吧!"郁国平感慨道。

什么是小康?郁国平并没有直接回答,而是让思绪回到了40年前。他刚离开无锡家乡的时候,每个家庭能拥有一辆自行车就不错了,而如今汽车已经成为大部分家庭中的普通交通工具。医疗、教育、出行以及支付方式,都发生了翻天覆地的变化。

郁国平回忆道,20世纪90年代初期,他离开中国时,中国不仅没有高铁,地铁很少,上海的高楼大厦也并不多,整个中国还处于相对落后的状态。远在大洋彼岸的郁国平真正感受到家乡的巨变是从城乡的发展变迁开始的,2000年以后,无锡新区拆迁,家乡开始发生脱胎换骨般的变化。同时,苏州也在快速发展。

2013年初到花桥的时候,这里还是一个小镇。绿地大道两侧高楼的拔地而起、地铁11号线的开通都在近几年完成……昆山与上海的距离在不断拉近,"不是上海的上海"的愿景就在眼前。"我有时专门乘地铁到上海体会一下,感觉比开车还方便,一个小时以内可达上海市中心。"郁国平说,正在建设的地铁S1线,将进一步拉近苏州,尤其昆山与上海的距离,长三角一体化的国家战略正在一点一滴勾勒出现实的模样。

绿树掩映的城市,碧水环绕的街巷:抬头仰望,晴空如洗,白云悠悠;漫步家园,鸟语如歌,鲜花烂漫。这是每一个人渴望的环境、期盼的生活。对同样追求生活环境品质的郁国平来说,昆山的"高颜值"也是吸引他在此开启人生新事业的动力之一。

这座"梦里江南"品不够

昆山自古山明水秀，风景宜人，在一代又一代昆山人的辛勤耕耘下，如今的昆山已不仅仅是一座现代制造之城，也是一座幸福宜居之城，曾荣获首批国家生态市、国家生态园林城市和联合国人居奖。2018年，昆山还推出"美丽昆山"建设三年提升工程，拥有各类公园196个，林木覆盖率和城镇绿化覆盖率分别达18.9%、44.4%，形成了"水、路、绿"三网并行的城市绿网生态体系，让"人在城中，城在画中"的美丽梦想照进现实。

"这几年，我明显感受到昆山的空气越来越好，天越来越蓝，许多以前的黑臭河道也在慢慢变清。"郁国平说，他深刻地感受到城市管理者的用心经营，让他对这座城市充满敬意，喜爱之情愈发深切。

2019年以来，花桥经济开发区还以让人民群众能享受到"推窗见绿、开门见园"的现代化城市生活为目标，利用零散地块的"边角料"、防护绿地的"闲置空间"，规划建设了一批选址灵活、占地小、分布均匀的小游园。为提升城市活力，打造特色夜景，花桥还通过轮廓灯光、地面射灯等工艺，将花卉植物与灯光融合在一起，对花桥高速出口"青年城市"，沿沪大道与光明路（11号地铁线）路口"融入上海"，以及花桥管委会入口"花开五洲、桥连四海"等主题绿雕进行亮化提升，让城市充满诗情画意。

空闲的时候，郁国平喜欢去周边骑行，细细打量和品味这座他生活了7年的城市，享受难得的静谧时光。天福湿地公园是国家湿地公园试点，园内沟渠纵横、河网密布，稻田和果园与苏式的石桥、民居相映成趣。仅湿地类型就十分丰富,包括:人工恢复的小型湖泊湿地,富有江南水乡特色的河流湿地,充满野趣的沼泽湿地,以及永久性水稻田、鱼塘构成的人工湿地等四大类型。昆山让郁国平总有看不完的风景。

公园还以自然为课本、湿地为教室,吸引了一批又一批学生和家长来寻找学习和探索的乐趣。兴致高的时候,郁国平也会加入到这所学习不分年龄的科普学校,走进湿地、聆听虫鸣,在释放压力的同时,寻找新的工作灵感。

天福国家湿地公园是鸟的天堂,绿头鸭、斑嘴鸭、鸳鸯等在此聚集,并有大山雀、八哥、喜鹊等许多林鸟。每年10月底开始,从北方飞来越冬的候鸟陆续在天福国家湿地公园"落户",许多南方不常见的鸟儿在这里都能看到。郁国平常常会选择一个最佳观鸟位置,一看就是几小时。

在国内外见惯了高楼大厦的郁国平也对昆山的水乡古韵着迷。不论是有900年历史、演绎着"小桥、流水、人家"完美空间尺度的"中国第一水乡"——周庄,还是被沈从文先生比喻为"睡梦中少女"的锦溪,抑或是历经2500多年风雨沉淀的昆曲故里巴城,都让他深深沉醉。

水巷流金、古树披彩、小桥叠翠……2020海峡两岸(昆山)中秋灯会于2020年9月28日晚在周庄古镇亮灯。在南湖湾畔,伴随象征两岸同根、同心、同源的并蒂莲缓缓绽放,110多个灯组瞬时点亮,郁国平说,一时看花了眼睛。

踱步于夜色下的周庄,倒挂的纸伞、火红的喜船、连绵的葫芦等景象将江南的悠然、水乡的趣味、古镇的雅韵表现得淋漓尽致。在"台湾老街"片区,情景灯组展示昆山的多彩生活,散发两岸浓郁的民俗魅力。"香村·祁庄"片区野趣横生,欢乐乡村、金色稻田、动植物萌宠等造型花灯,呈现风吹稻浪的田园气息。郁国平仿佛置身一个传统与现代交相辉映的新世界。

"昆山既有小城市的安静,也有大都市的繁华。"这是郁国平的评价。当下,依托苏州打造"姑苏八点半"夜经济品牌的有利契机,昆山正积极规划建设具有江南特点、体现昆山特色的旅游夜经济综合街区,在城市中融入夜旅游的理念和元素,利用先进的科技手段和光影技术,优化提升城市商业街区、文化广场和旅游景区灯光环境,让城市更有烟火气。

"昆山因制造业闻名,来昆山之前,我一直以为这里工厂云集,空气糟糕,环境杂乱。来了之后才发现,它完全颠覆了我对制造重镇的想象。"郁国平说,"这是一个可以寄托梦想、实现梦想之城,这里依旧是我魂牵梦绕的梦里江南。"

作为"60后",那些苦日子已经深深地印在郁国平的脑海里。提及这些,郁国平眼泛泪花。"现在人们的日子好了,我们的子女是'90后'和'00后',他们的见识和成长环境与发达国家的孩子几乎没有什么区别了。科技与信息的发达,使大家交流的渠道更为畅通。"郁国平说,现在的年轻人没有经历过苦难的年代,无法切身感受,只能通过书本和媒体了解那个年代的艰辛。享受如今的小康生活的同时, 更不应该忘记那些过往, 不要忘记幸福生活的来之不易。

对在美国生活多年的郁国平来说, 美国人心中的"小康"就是"美国梦", 一个家庭拥有房子、车子、健康的孩子, 这些就是他们眼中的幸福生活。他认为, "中国小康的概念应该是实现'三个无忧': 看病无忧、居住无忧、工作无忧。从目前苏州以及家乡无锡来说, 大家已经实现了小康生活。由于苏州政府在完善社会公共服务方面做得非常好, 这些都已经提前实现了。"

郁国平进而表示, 小康生活的实现还要从更高层面上解读, 是要向智能型社会发力。他说, 日本企业家提出来"智能社会6.0", 这是指社会生活发展到一个更高更新的层次, 医疗、养老、保险、就业的指标都是在智能化大数据下进行的, 健康可以一目了然, 智能化的社会发展应该是小康社会更高层次的追求。

评弹、昆曲、大闸蟹、碧螺春、奥灶面……这些字眼是苏州的印记, 也是郁国平爱上苏州的理由。每逢周末, 他都要四处走走, 和这座城市亲密接触, "西山的一个茶农跟我是好朋友, 每年新茶下来都邀请我去品茶", "东山还结交了一位耄耋之年的阿婆, 每次去都要跟她聊会儿天, 已经成了'忘年交'"。江南古镇吸引着他, "百戏之祖"熏陶着他, 现代工业折服着他, 郁国平已经深深地融入了这座城市, 苏州、昆山、花桥的每一步发展和成长, 他都与之共振。

因为爱, 所以爱。这片土地有他少年时的梦想, 有他青年时

这座"梦里江南"品不够

昆山的生态美景总是令郁国平忍不住掏出手机

的牵挂，更有他如今的眷恋。

热心公益事业的他，多年前曾到访贵州山区，山区教育资源的贫乏和基础设施的破旧给他留下了深刻的印象，他总想着要尽己所能做些什么。2016年，在郁国平的推动下，恩斯克投资有限公司出资20万元，在贵州省铜仁市德江县捐建了两所"希望童园"。近年来，公司不断加大对山区"希望童园"的支持和援建，致力为更多的山区幼儿创造舒适的成长环境，迄今为止已援建了4所"希望童园"。爱心之举不仅改善了山区的教学设施，而且提供了诸多教学、生活用品。

郁国平还推动公司资助了清华大学奖学金以及西安交大奖学金，每年对优秀学子进行奖励，并提供赴日研修的机会。公司还设立"NSK慧动花桥慈善基金"，每年拨出资金用于花桥本地扶贫济困、敬老助学等项目和环境保护活动。

当问及跟陌生人打交道，更愿意怎样介绍自己时，郁国平不假思索地回答："我会非常自豪地说，我在苏州昆山花桥工作。我希望我的朋友或者是生意上的伙伴，多到昆山花桥来走走，把企业和项目设在昆山。我也希望把日本优质的医疗资源引进来。"2017年，郁国平被评为"昆山市荣誉市民"，并获"江苏省五一劳动荣誉奖章"，2019年被评为"苏州市荣誉市民"。

为了支持郁国平如愿海归，郁太太不得已辞去了美国的工作，成为"空中飞人"，每年不停往返于中美之间照顾先生和孩子。

郁国平介绍道："因为我太太是土生土长的北京人，最初有些担心她不适应苏州的生活。没想到她却乐在其中，评弹成了她的最爱。"

苏州，这座温润如玉又彰显高端大气、古典婉约又充满时尚活力的城市，让郁国平夫妇毫不犹豫地将生活坐标定位于此，并从心底里祝福苏州的明天更加美好，祝福苏州宛如金桂花开，枝繁叶茂，活色生香！

苏州"纤维"里洞见小康

金管范

Kim Kwan Bum

男,韩国籍,江苏恒力化纤股份有限公司研究所所长,从事纤维产业研发和管理近30年,系聚酯涤纶长丝领域国际顶尖技术型专家,2015年荣获"江苏友谊奖",2019年荣获"苏州之友荣誉奖"。

He is the South Korean Director of the Research Institute of Jiangsu Hengli Chemical Fibre Co., Ltd. With 30 years' experience of R&D and management in fabric industry, he is one of the world's top technical experts in the field of polyester filaments. He received "Jiangsu Friendship Award" in 2015 and "Friend of Suzhou Honor Award" in 2019.

【题记·话说小康】

"人家都说，最快乐的工作就是做自己喜欢的事。我从来中国工作，到现在在恒力大展手脚，正一步步实践着我读书时的所思所想，我很快乐的。"

"我奋斗在中国，将继续为恒力和中国化纤行业贡献自己的力量。风雨同舟，我与你共进！"

——金管范

引子

"人家都说，最快乐的工作就是做自己喜欢的事。我从来中国工作，到现在在恒力大展手脚，正一步步实践着我读书时的所思所想，我很快乐的。"

52岁的金管范坐在我们对面，睿智且深情的目光里，都是自己40岁那年坐着董事长专车、从拥挤的高速公路上直奔恒力化纤生产车间时的影子。

胸口别着恒力的徽章，笔挺的衬衫透露出一股学者的气质，金管范谈起感兴趣的化纤就语速加快，两眼放光。如果不是那口稍显夹生的汉语，你可能会以为眼前这位恒力集团新型纤维研究所所长是个和你我一样普通的中国人。

见微知著，"纤维"里洞见小康。

今年是金管范来中国工作的第19年，每当回想起这些年来身边的、领域内的种种变化，他总是兴奋得好像那个刚来中国闯荡的韩国年轻人——

19年来，金管范见证了恒力集团从一家名不见经传的乡镇小厂跻身世界500强的蝶变，也见证了以恒力为代表的中国化纤力量从向日韩看齐，成了对标世界的"弄潮儿"。

19年来，金管范一直生活、工作着的吴江盛泽镇，也今非昔比，成了高楼林立的现代化时尚都市。他的生活圈，也像那根"身怀"弹力、吸湿、抗菌等各种"绝技"的纤维丝，一如19年前那般看起来简简单单，但在时代际遇和个人努力的加持下，内涵正变得愈加丰富多彩。

如今，金管范把房子买在了吴江东太湖边，从"老外"和"洋专家"成了"新吴江人"。他在恒力集团的奋斗历程看似离我们很远，但都由一件件实实在在的、你我都会遇到的平凡事汇聚而成——19年的"中漂"岁月，变的只是时间，不变的是初心、传承、坚守和时刻迸发出的温馨"小幸福"。

到盛泽去，到恒力去

在业内，有过这样的说法——恒力化纤的差异化做得好，很重要的一个原因是这家从苏南乡镇企业起步的公司特别重视研发人才的任用和培养。

金管范，是恒力集团研发中心的核心技术人员。他是韩国庆熙大学化学纤维专业硕士，具有丰富的化纤行业从业经历。他曾就职于韩国高合公司、山东省青岛高合公司，从事涤纶（POY，FDY）生产管理、差别化产品（POY，FDY，DTY）开发等工作；2008年加入江苏恒力化纤股份有限公司，担任公司新产品研发部部长。

在来到恒力前，科班出身的金管范已在中韩两国的化纤行业摸爬滚打超过15年。而对他来说，离开家乡来到中国，是当时的一种潮流，即使这种潮流的背后蕴藏着语言、生活习惯和经济发展上的鸿沟。

时间回到2001年11月，刚来中国的金管范将自己的第一站选在了青岛一家韩资化纤企业。

地处渤海边的青岛，气候宜人。由于独特的地理优势，这里同样也是很多韩国企业进入中国的第一站。2001年，在亚洲金融危机中缓过劲来的韩国企业，加大了对青岛的投资，同年又恰逢中国加入世贸组织，双重利好下，很多韩国年轻人来到青岛闯荡，寻找职业发展的新机遇。

由于当时日韩两国在化纤领域的科技和工艺水平领先国内企业不止"一个身位"，研究生毕业于韩国名校庆熙大学的金管范，在韩资企业兢兢业业的工作中汲取了丰富的专业知识，攒下

金管范操着一口"夹生"的汉语,谈起化纤就语
速加快,两眼放光

了宝贵的研发经验。凭着勤恳认真的态度，金管范不久就成为这家企业的业务骨干。

而在2008年7月，已经40岁、正值事业黄金期的金管范却做出了一个令人吃惊的选择——离开韩资企业扎堆、韩国务工者云集的大城市青岛，来到苏州远郊的小乡镇盛泽，加入一家叫恒力的中国民营企业。

如今已是世界500强企业的恒力集团，那时才刚刚在化纤行业崭露头角；回望2008年，彼时的盛泽，前往苏州城区的路径除了高速，便只有一条拥堵的227省道。身边很多朋友同事，都不太理解金管范的这个决定。

谈及当时跳槽的原因，金管范归结为两个字——缘分。

缘分背后，有一则小故事。当时金管范所在企业是恒力集团的原料供应商，接到了一次恒力的投诉。

正是对于这次事件的处理，金管范出色的专业水平和认真负责的服务态度吸引了恒力集团"内当家"范红卫的注意。接到投诉后，作为业务骨干的金管范赶赴恒力一线车间进行处理。实地检测后金管范发现，此次恒力的生产故障跟他所在公司的原料并没有直接关系，出现问题的是恒力织布厂的生产工艺环节。

作为原料供应商代表的金管范，查明原因后本可以一走了之，不用负任何责任——他已经尽到了自己应尽的责任。

但金管范没有离开，高度的责任心驱使他在恒力的生产一线多留了一段日子，全力帮助维修部门快速修复并改进了该道生产环节。因此,当时正值订单高峰期的恒力织布厂,靠着这个操着一口"洋泾浜"普通话的技术外援,没有在销售上受到丝毫影响。

这件事传到了范红卫耳朵里,她对如此"别样"处理客户投诉的金管范留下了深刻印象。

2008年,随着金融危机的爆发,全球纺织行业也陷入了低谷。金管范所在的韩资企业深受影响,一度恶化到了濒临倒闭的地步;而那时的恒力,却开始了自己的逆袭之路,一步一个脚印向产业链上游攀登,2008年以黑马的姿态首次闯进"中国企业500强"榜单,让业界眼前一亮。

当命运关闭一扇窗的时候,它常常会留下一道门。那年6月,仍在韩资企业工作的金管范和助手王永锋前往浙江绍兴拜访客户,路上接到的一通电话彻底改变了两人的命运。

"当时恒力集团也是我们考察拜访的一站,我们正从绍兴坐大巴前往盛泽的路上,不巧遇到了堵车。"金管范的助手王永锋回忆,那时金管范突然就接到了恒力集团董事长陈建华打来的电话,询问他们路途是否顺利。

当了解到金管范和助手路遇堵车时,陈建华没有迟疑,立刻派车直奔嘉兴收费站,绕道将两人接回了盛泽,留出了更多时间和金管范进行面对面交流。

在王永锋看来,金管范能如此吸引恒力的原因很简单。这位韩国工程师的专业技术不仅在所在领域"数一数二",而且他为人处世真诚、友善、平和。

尽管当时金管范还没有下定决心跳槽去恒力，但他本着重游故地、参观学习的心情，和助手一起走进了陈建华的办公室。随后，陈建华还极力邀请他们走进金管范阔别已久的恒力化纤生产车间，去看一看这些年恒力的进步。陈建华求贤若渴的满满诚意和车间里先进的设备、管理让金管范非常心动。

参观完恒力集团后，金管范的内心陷入了久久的矛盾——一方面，当时恒力集团化纤生产实力已经颇具规模，集团上下呈现出一幅欣欣向荣之景，是个值得自己打拼的地方；另一方面，他要拖家带口来到陌生的盛泽，进入从未涉足的民营企业，这与他以往工作的环境大相径庭。

当时，韩国的化纤行业已经开始萎缩。像金管范这样在化纤行业有16年学习工作经验的人才，在如此糟糕的产业环境里也难以真正寻得伯乐和知音。

回国？可能得转行。

去盛泽，到恒力？前途未卜。

到底哪条路更适合自己？金管范问自己。

回看当时的选择，不得不佩服金管范的勇气和眼光。

虽然那时的恒力化纤已经初露锋芒，但"拳头"产品还是常规的聚酯，产量也仅仅徘徊在60万吨一年。而翻开2008年中国聚酯产量分省市统计，当年全省产量超过300万吨，全国聚酯的产量则超过1000万吨。

彼时的恒力只是蒸蒸日上的中国化纤行业中无足轻重的一环——聚酯的产量上没有话语权，亦没有独具优势的新品；盛泽镇上也找不到一家正宗像样的韩国餐厅，连和老乡聚会都要开车一个多小时前往苏州城区。而在金管范看来，眼前这些困难都不是阻碍，化纤车间里的一片蓬勃朝气坚定了他在恒力这方舞台上起舞的信心。

前后思想斗争了一个月，在北京奥运会开幕前夕，金管范辞职离开了青岛。抱着对未来的些许担忧，他一路南下，接受了恒力递来的橄榄枝，来到了盛泽。

很快，在他的帮助下，恒力凭借雄厚的化纤基础、集团上下对人才的信任和多年来打磨的品牌形象，步履坚定地走上了化纤创新之路。金管范也放下了忐忑，全身心地开始书写恒力化纤新的篇章。

创新的第一把"火"

"玉在椟中求善价，钗于奁内待时飞。"

金管范的到来，大大提升了恒力集团的科研实力，推动了恒力化纤创新版图的扩张：一个个技术难题被攻克，一项项专利获授权，一款款新产品相继投放市场。

行棋当善弈，落子谋全局。当时恒力集团的主打产品还是常规的化纤品类，聚酯的年产能也仅为60万吨，但公司已经在化纤生产设备和管理水平上形成了自己的竞争力。金管范了解到,恒力自2000年涉足化纤行业以来,步步为营,稳扎稳打,已经形成了一定的规模。

加入恒力后,走进车间深入一看,金管范心里有谱了,这里确实可以做点事情——设备比"老东家"的要先进,客户也都很认可恒力的品质。在恒力先前已经搭建好的平台上,万事已然俱备,只欠点上差别化新品这一把"火",恒力这艘化纤行业的巨轮就可以扬帆远航了。

可创新实践远比想象中的困难。

摆在金管范面前的第一道坎,就是将市场上现有的两步法涤涤复合丝工序,精简为一步。

别小看这道看似简单的"2-1"减法题。当时在国际上,现有的两步法涤涤复合丝工序主要在印花染色时使用,由于两步法染色效果不均匀,因此产品的品质就受到很大限制;而现有的一步法涤涤复合丝工艺则质量极不稳定,还无法做到量产。

确定攻关任务后,金管范就组织起包括生产能手和销售人员在内的科研团队,开始了夜以继日的工作。

一步法最大的特点是成本低,但也恰恰是成本低,导致了一步法复合丝的网络点少。原料丝一般会再经过上浆和加碾两个步骤进行再加工,因此一步法复合丝上浆的时候布面上容易出现露白。

在一次次的试验中,金管范的科研团队用逆向思维摸索出了窍门——如果先跳过上浆这一步骤，将原料丝先行加碾，则可以很好地弥补一步法网络点少的缺陷。这道减法从试验到量产前前后后仅用了一年多的工夫，金管范的团队付出的辛苦难以想象。

研发新品，要先做样品，给客户送去，客户打样确定质量和风格后，才有后续的订单。而这期间每一次小的改动，都需要对生产线进行改造。从一开始改造生产线的一小段，到慢慢扩大为全部改造，公司花了超过2亿元支持金管范的差别化新品研发。

创新只有进行时，没有完成时。新的一步法涤涤复合丝工艺生产出的产品获得客户认可后，恒力便迅速依靠低于同行的价格和高于同行的品质抢占了复合丝的市场。同时，金管范团队也从2009年起持续对设备进行优化改造，不断提升产品质量，提高客户对恒力品牌的好感。

金管范的加入，打开了恒力复合丝创新的大门。原先以常规品为主力产品的恒力，在金管范的帮助下，逐渐衍生出了多种多样的创新产品。然而，由于2010年前后销售常规品每吨利润在1500元左右，仍能获得不错的效益，因此创新品类在当时也没能体现出真正的优势。

不因"拿手好戏"自满，反而主动"揭短补短"，这也许就是金管范的魄力。

创新产品在2012年前后显现出了成效。由于其他大部分厂商依旧执着于眼前的常规品销售，导致市场上常规品"量多价跌"，甚至出现了卖货亏钱的现象，厂商们堆积在库房里的成千上万吨的常规品就成了名副其实的"烦恼丝"。

而提前准备未来的恒力则处变不惊，在进行常规品竞争之余，开始利用复合丝无可替代的优势盈利。王永锋介绍，复合丝每吨的利润最高可达2万至3万元，几乎是常规品最高利润的10倍。"常规品靠市场，赚多赚少行情说了算；而新产品靠附加值，别人不能做的，或做得少的，定价权就在我们手里。"金管范自信满满。

产品开发短则半年，长则数年，不提前布局，很难在短时间内找到创新的门道。恒力前瞻性的创新布局，让金管范团队的创新产品在2015年前后全面"开花结果"，功能各异的各类复合丝的年产量已达25万吨左右，为集团带来了巨大的收益。

一根弹性纤维的"老调重弹"

对于科研人员来说，在创新的漫漫长路上，被赋予过多的期待，是最为折磨的。

别看现在市场上有弹性的运动服饰很常见，但在纤维研发的时候却令人很迷茫，一直得不到期待的结果。一步法恒弹丝系列的攻关，是金管范职业生涯遇到的最大挑战。

弹性纤维的研发早在多年前就有国外企业研究成功过。随着时间的流逝，多年前的工艺在过时的同时，依旧伴随着价格昂贵和质量不稳定等初始问题。

恒力看到了弹性纤维在未来市场的广阔前景。于是,在2012年,金管范领衔的恒力新型纤维研究所就将新一代弹性纤维作为下一步的科研目标。

"老歌新唱"和"老调重弹"其实很困难,因为这意味着有时你需要推翻前人的所作所为,在全新的基础上进行创作。但是因为采用的是"老歌"和"老调",又会让人觉得,这只是一项简单的变革,得来不需要花太多功夫。

因此,金管范团队的尝试在一开始看起来相当美好。

根据革新工艺后生产出来的原丝具有很好的弹性,团队以为大功告成,便立刻将其发往客户处打样。可研发人员忘了团队只能确认原丝状态下新品的弹性,而将其纺成布匹后,能否还有弹性就是另外一回事了。

果然,客户的反馈给研发人员的兴奋泼了盆冷水——新品纺成布后,弹性消失了。

理想很丰满,现实很骨感。金管范团队在弹性纤维创新上的"闪电战"遭遇了迎头痛击,于是,团队立刻停掉产线,老老实实做一个样送一个样,在等待结果的过程中也做好了打持久战的准备。

助手王永锋回忆起了那段艰苦的攻关岁月,感触颇深:"那时的厂区车间隔得很远,我们只有骑自行车,晚上加班下大雨,我们一手撑伞一手把着自行车,一路骑得很辛苦。"

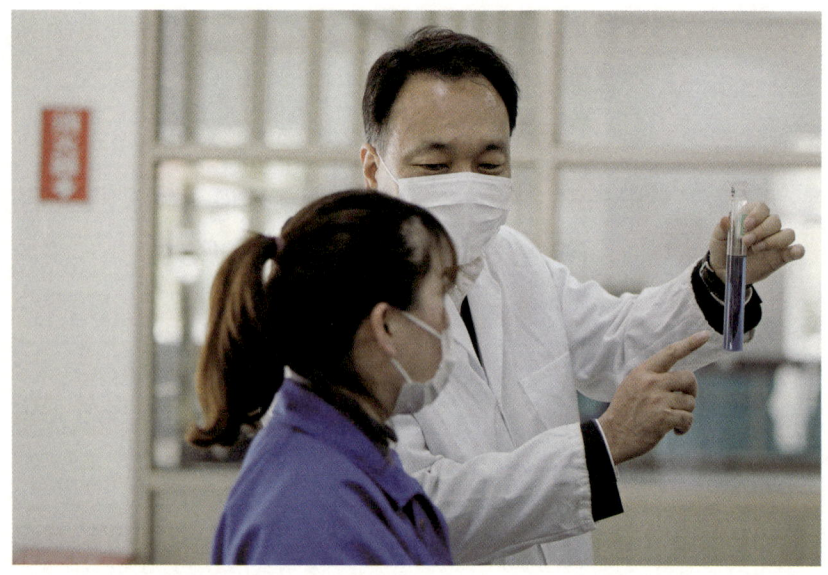

在恒力集团做着最喜欢的化纤科研工作，就是金管范认为最幸福的事

雨夜的艰难骑行，只是一步法恒弹丝系列研究难题的一个小小插曲。在近两年的时间里，金管范团队反复试验，反复改造产线，反复调整工艺，可依然一无所获。最艰难的时候，团队连续半年没有一丝进展，仿佛在死胡同里原地踏步，科研人员的心情压抑到了极点。

这是金管范到恒力后最艰难的一年，让他从内心觉得自己没办法跟老板和下属交代。尽管集团相关负责人没有一句催促的话语，但金管范还是自加压力，废寝忘食地工作，盼望着能早日攻克难关。

有一次开会，许久没出成绩的金管范实在憋不住了，便在会上表明自己的歉意。金管范清楚，尽管自己心里明白研究的方向没有错，可就是弄不清为何结果总是失败，看不到成功的希望。

让金管范没有想到的是，老板当着大家的面安慰他，不能着急，在创新的道路上经受失败是必然的。老板的话让金管范非常感动，也让他重新燃起了研发新品的信心。

皇天不负有心人。在一次次越来越接近理想状态的试验中，科研团队终于发现并克服了工艺和设备上的缺陷与问题，"雨夜骑行"也终于迎来了家中温暖的炉火——2014年，金管范团队攻克了弹性纤维这一"老命题＋新产品"的难关，也申请到了国家专利，在该新产品的研发生产中独占鳌头。

迪卡侬等运动品牌都会用到弹性纤维，弹性纤维如今在市场上已非常普遍。目前恒力年产4万吨，根据市场预期，还将每年增产4万吨。经历过风雨后，金管范更珍惜阳光与彩虹。

如今，恒力化纤创新产品的地位已不是一花独放而是满园春色。像弹性纤维这类新产品，恒力集团每年要推出超过10种。

破译美好生活的"幸福密码"

"衣食住行"四大生活要素中，"衣"列首位。自古以来，服饰的变化可以折射出一个时代的兴衰。

恒力所在的盛泽镇，一直以"日出万匹、衣被天下"而享誉天下。受制于科技水平，蚕丝和棉麻在很长一段时间里都是中国人主要的衣着面料。

随着人们生活水平的逐渐提高，作为恒力新型纤维研究所所长的金管范，也从这些年研发纤维的品种演变中，解读出了身边中国人的生活水平提高的"幸福密码"。

其实化纤就是一种新材料，随着近年来科技水平突飞猛进，细细一根化纤丝里面包含的科技含量越来越高。从一开始钻研改进纤维的生产工艺，逐渐过渡到了让纤维拥有更多美观且实用的功能。

2008年申报"熔体直纺一步法复合丝的开发和生产"，2010年的项目就是"熔体直纺超亮光涤涤细旦复合丝"，2013年成了"抗蠕变海洋用聚酯工业丝纤维及复合材料关键技术开发"，2017年是"一步纺弹力复合丝及其制备方法"……从金管范负责的课题题目的变化中,市场对多功能纤维的追捧就可见一斑。

以弹性涤纶长丝为例。传统棉麻材料所制的裤子很难谈得上弹性。而如果想让裤子变得富有弹性,增加穿着的舒适感,往往会往面料中加入氨纶。而恒力的弹性涤纶长丝已经面世,彻底取代了"又贵又有很多缺点"的氨纶,还可以在弹性之外,增加诸如吸湿排汗等更多功能。

目前恒力的弹性涤纶长丝的市场占有率已达5%,恒力集团进一步扩产后,市场占有率将突破10%。弹性涤纶长丝这种可以广泛应用在运动服饰面料中的纤维正在受到越来越多消费者的喜爱,也从侧面体现出了越来越多的中国人正投身运动。

2020年初,疫情的出现也让恒力新型纤维研究所有了更多研究目标。韩国同样深受疫情影响,对此金管范深有体会,他透露,目前研究所正在研究改进熔体直纺高低毛和具有抗菌阻燃功能的新型纤维。

前者可以近乎完美地模仿出众多动物皮毛的手感,除了一般的羊毛外,还有水貂、黄金貂、兔毛等多种类别,为保护野生动物贡献力量;而后者则利用银离子和锌离子的杀菌作用,为使用者的健康增添了一层"看不见的保护层"。

以往大家都对化纤有一些误解,认为它们不透气、不健康。但随着研发的深入,很多令人烦恼的化纤特性都可以被中和或消除。比如静电和厚重问题,都可以通过技术手段解决,从而让化纤衣物变得又轻便又舒服,符合当前中国人穿衣需求和满足生活节奏。

中国人在化纤行业里仅用了10多年的时间就完成了国外三四十年的基础积累。这让金管范很欣慰，也很羡慕。今后，恒力将继续强化研发投入，培养企业创新意识，在化纤领域创新道路上步履不停，为国内外消费者贡献更多高质量、多功能的纤维。大家的生活水平越来越高，要求自然就越来越高，这对于像金管范这样的科研工作者来说，既是一种责任，更是一种幸福。

金管范在韩国企业工作的经验告诉他，目前苏州化纤企业的总体研发能力已经逼近世界化纤行业的最高水准。国内近14亿人口的庞大市场为化纤行业的勃兴提供了最大的展示舞台，这也是其他国家的化纤企业永远也难以具备的条件。

风雨同舟，奋斗在中国

从1994年一人操作一台机器，每小时产布量24米，到如今一人可以操作50台以上机器，每小时产布量接近450米，20多年来，恒力集团已经从一个只有20多人的江南小厂，成长为全球最大的超亮光丝和高档工业丝生产基地。

这种脱胎换骨式的巨变，凭借的是一股转型升级、创新发展的恒久动力。这之中，像金管范这样的研发人才确实功不可没。

如今的纺织产业早已不再是传统概念上的劳动密集型产业，不再是过去主要依托土地、环境和人口等资源的粗放式发展模

苏州"纤维"里洞见小康

来苏州的12年倏忽一瞬,可身边的变化却让这位黑头发的"洋苏州"赞叹连连

式。面对新挑战，要想取得新突破，只有靠在创新上下功夫，在市场上向高精尖要效益，加快转型升级。

恒力集团在科研投入上从不吝啬，也让金管范自加入恒力后便如鱼得水。中国民营企业的发展速度大大出乎金管范的意料。他见证了恒力集团从2万员工，到员工突破12万的巨大飞跃。金管范觉得当初选择从青岛来到盛泽进入恒力，是个正确的决定。

同样让金管范深感欣慰的，还有恒力集团增速惊人的营业收入。从2008年的138亿元营业额，做到了2019年的5567亿元，位列世界500强第107位。

几年前，恒力集团开始了智能工厂的改造。但机器人不是买来就能够用的，需要针对行业特点进行技术研发。行业的不同，机器人应用存在40%到50%的差异。除了进行智能工厂建设，恒力还引进国内高级技术管理人才，并重金聘请国外研发机构的技术专家。目前，恒力5500多名技术人员，与来自德国、日本、韩国等地的100多名资深专家，共同组建了国际研发团队。依托"恒力国际研发中心"和"恒力产学研基地"，恒力不仅实现了产品向中高端的攀升，更步入了差异化发展的特色之路。

在金管范眼中，这家民营企业始终秉持着26年前创立时的那份活力和激情，未来也将继续集中力量坚持主业，踏踏实实发展实业，坚定走企业转型升级和"全产业链"发展之路。

眼下，恒力集团从纺织一路向上游迈进，在苏州、大连、宿迁、南通、营口、泸州、榆林布局七大生产基地，每个产业都站位国际最高标准，不仅创造了"恒力速度"，打破了国外乙烯、芳烃等重要大宗有机原料的垄断，更是在多个行业都掌握了产品定价权和市场话语权。

同时，恒力集团积极响应国家制造业科技创新、转型升级战略，建设的每个项目，不管是工艺设备、规划设计还是管理模式都贯穿了"10年之内不落后"的理念，打造出多个"智能化工厂"，推动国家由制造大国向制造强国迈进。

集团的日益壮大，让每个恒力人都享受到了奋斗带来的幸福，金管范也不例外。加入恒力的12年，只不过是倏忽一瞬，可发生在盛泽、吴江、苏州的变化，让这位黑头发的"洋苏州"赞叹连连——

恒力行政楼前的广场从一片空地变成了停满各式各样的员工汽车的停车场。正如金管范所说的那样，恒力太大了，在几个生产车间和实验室之间来往仍需要交通工具，只不过大家都逐渐从两个轮子的自行车、电动车升级成了四个轮子的汽车。

公司还为喜欢羽毛球的员工建起了多片专业羽毛球场地，这让金管范兴奋不已。加强锻炼、提高员工身体素质的同时，集团每年还会组织比赛，增进员工友谊，让大家在工作之余，更有集体荣誉感。

接下来，恒力还将在集团东门附近兴建功能更加完善的研发大楼，在三到五年内将分散的研发部门聚拢在一起，让工程师们再也不用东奔西跑。

人才蔚起才能事业兴。目前,金管范最担心的事情还是新材料专业研发人员的招聘。现在给应届生的基础工资已经是当年金管范刚进公司时的2倍左右,加上吴江区政府的各类就业、购房补贴补助,为到恒力的人才搭建起了具有竞争力的薪资福利体系。针对现在"90后"一代的生活节奏,恒力集团的宿舍已经实现了Wi-Fi全覆盖,目的就是让员工更安心留在恒力,为化纤创新贡献力量。

回想起刚到恒力工作的那些时间,金管范坦言,如今盛泽的生活圈也有了翻天覆地的变化——以前逛完潜龙渠公园只能回宿舍,而现在可以去一旁高端大气的"凤凰荟"商场感受夜经济的精彩;以前看个病要开车去上海,而现在前往几千米外的江苏盛泽医院就可以"身康体泰"……

如今,金管范的孩子远在加拿大求学,妻子住在上海。每到周末,金管范就会开车去上海和妻子团聚。因此,交通条件的改善他也看在眼里——连接盛泽的大道,从一条满是大货车的227省道,变成了宽敞快速的吴江大道和两条高速公路。

不久前一次偶然的机会,金管范来到了吴江东太湖畔考察参观。芳草茵茵、树影婆娑、波光粼粼的东太湖湿地紧紧抓住了他的心。

于是他马上带着妻子又去看了一次,选定了一套160多平方米的湖景房。新房到今年年底交付,金管范也成了名副其实的"新吴江人",买房让金管范有了真正安家的感觉。以后老了在东太湖边散散步、吹吹风,享受惬意生活,这是金管范对自己未来的安排。

一个人可以走得很快,但一群人可以走得很稳。如果当初金管范没有来到恒力,恒力刻在基因里的顽强拼搏和创新精神也注定它终究会走向世界。而金管范的到来,让恒力在走向世界的过程中,步伐更为坚实。

2019年9月27日,在苏州市庆祝中华人民共和国成立70周年招待会上,金管范与其他10人获第9批"苏州之友荣誉奖"。

"我奋斗在中国,将继续为恒力和中国化纤行业贡献自己的力量。风雨同舟,我与你共进!"这是"苏州之友"金管范的心声。

后 记

上有天堂，下有苏杭。1983年，邓小平同志到苏州考察，透过苏州的实践，他仿佛看到了实现"小康"目标的光明前景。三十多年后的今天，在"两个一百年"奋斗目标的历史交汇点上，中共中央发出了夺取全面建设社会主义现代化国家新胜利的号召。苏州人民牢记习近平总书记的殷切嘱托，以只争朝夕的紧迫感，开拓进取、砥砺前行，奋力谱写改革开放和现代化建设新篇章，争做"强富美高"新江苏建设的先行军、排头兵，一幅高质量发展的美好图景在苏州大地徐徐展开。

苏州的小康之路上留下了许多外国友人的足迹，他们是苏州实现小康目标的参与者，也是苏州迈向全面小康的见证者。苏州，以广阔的胸怀接纳着来自不同国度的人才，而这些"洋苏州"们也用自己的方式，为苏州的小康进程添砖加瓦。本书选取在苏州工作、生活多年的十二位外国友人，客观记录这些"洋苏州"亲身参与苏州建设、融入江苏发展、目睹中国腾飞的历程，以他们的视角呈现改革开放四十多年来神州大地发生的天翻地覆的变化，展现新中国伟大前行中的发展变化、百姓生活幸福美好的和谐画卷。

　　本书的创作得到了苏州日报社、苏州市人民对外友好协会的支持帮助。高坡、董捷、王英、陆宇其、周建越、姜锋、高戬、朱新国、商中尧、林琳、范易、袁艺、杨溢、顾志敏、倪黎祥、王亭川等专家老师为本书的出版付出了辛勤的劳动，在此表示衷心感谢。

　　由于水平有限，书中难免有疏漏和不足之处，敬请广大读者提出宝贵意见。

著者

2020年11月